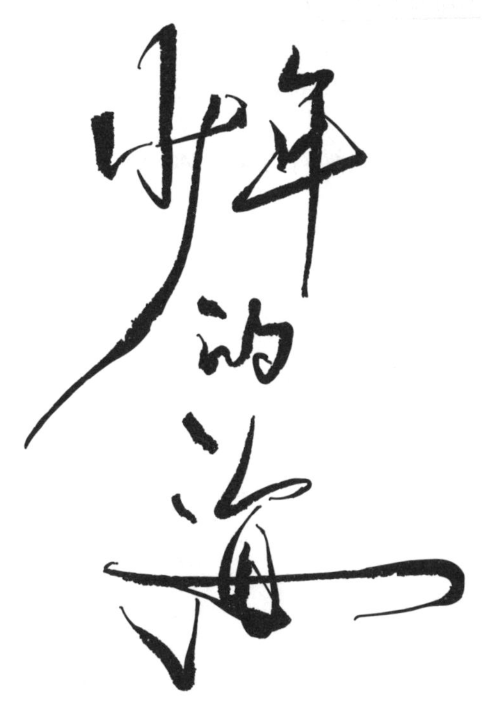

栾世君　著

春风文艺出版社
·沈阳·

图书在版编目（CIP）数据

少年的海 / 栾世君著 . -- 沈阳 : 春风文艺出版社，2025. 1. -- ISBN 978-7-5313-6916-5

Ⅰ . I247.5

中国国家版本馆 CIP 数据核字第 20240YX547 号

春风文艺出版社出版发行

沈阳市和平区十一纬路25号 邮编：110003

武汉市籍缘印刷厂印刷

责任编辑：周珊伊　　责任校对：张雨菲

封面设计：王珍珍　　幅面尺寸：142mm × 210mm

字　　数：142千字　　印　　张：7.5

版　　次：2025年1月第1版　　印　　次：2025年1月第1次

书　　号：ISBN 978-7-5313-6916-5

定　　价：48.00元

目录

MULU

第一章

平静的太平湾海面洒满夕阳余晖，一艘舢板船在慢慢划行。划桨的少年两臂不停地摇动，水面上犁开一道浅浅的水沟，泛起一溜浪花。船头站立一老者，在紧张地收网。老者收网的节奏很慢，好像动作快了能惊跑网里的鱼。

随着挂网收拢上船，少年的脸色越来越凝重。老者也显得很疲惫，挂网上的几条小鱼，他都懒得摘下来。

老者把最后一节挂网扔到船上，无力地坐下来，望着空旷的海面感叹道："湾里没有鱼了！"

少年看了眼船舱，堆放在那里的杂鱼能有二十来斤。大多是鲇鱼、青鱼和一拃多长的小鲈鱼。他们一大早就出来了，在太平湾转悠了一整天。爷爷说最后一网能有货，可这最后一网只有数得过来的几条小鱼。

少年怕爷爷沮丧，笑呵呵地说："爷爷，没事，明天我去老崖头抠海参，能多卖钱！"

爷爷脸色阴沉，严厉地说："海蛋儿，老崖头下面就是有黄金，你也不准下去！你爸看病的钱和你上学的钱不用你操心！"

海蛋儿吐下舌头，嘴快了，不应该把自己暗中的打算透露给爷爷。海蛋儿用力地划桨，舢板船像片柳叶在波浪涟漪的海面上急速前行。

爷爷皮肤黝黑，头发灰白。他从腰间抽出烟斗，在烟袋里使劲摁了一锅烟丝，吧嗒吧嗒地抽起来。一股白色的烟雾钻出他干裂的嘴角。爷爷一辈子以打鱼为生，做了大半辈子船老大。百里海岸线上只要提起仙人岛村的董老大，打鱼人都知道。董老大掌舵的渔船，都是满舱回港。如果是半舱靠岸，董老大工钱都不要。董老大就是这么倔，这么自信。现在董老大老了，上不去大船了，只能在近海靠小舢板船捕鱼为生。

爷爷叼着烟斗，抬头看见西边燃起一片火烧云，心里有些敞亮。俗语说，"早烧不出门，晚烧行千里"，明天还是个好天气，他打算多带上一些淡水和干粮，领着孙子走出太平湾去捕鱼。他不相信自己真的老了，连一个小舢板船的舱都装不满。儿子董波还躺在医院的病床上，每天都要花钱续命。虽然海蛋儿的大姑和二姑帮助出钱治病，可姐儿俩的家境也不富裕，完全依靠两个女儿家出钱，也会把她们两家都掏空的。孙子开学就要进城念高中了，到大姑家吃住，能省下食宿费，可学杂费也是一笔不小的开支。

爷爷想到这些，把烟斗在船帮上磕两下，插入腰间，站起身。海蛋儿上岸心切，两支船桨摆动幅度大，舢板船左右摇摆。爷爷的身子晃动了一下，两脚叉开站稳。

“海蛋儿，我来划桨，咱俩现在不能上岸，再下一网，我就不信还能网网空！”爷爷嘴角紧绷，目光坚毅，凝视远处。在这片海厮磨一辈子了，哪里有暗礁，哪里是海沟，哪里能遇到鱼群，他比谁都清楚。

海蛋儿看到爷爷的眼睛紧盯着海面，兴奋地说：“爷爷，你看到鱼群了？你说往哪儿划，我有力气！”

爷爷看了眼海蛋儿，这小子的力气像个成年人，跟他年轻时候一样，十岁就跟着父亲下海，十二岁就能划上一天的桨，到了岸上两臂没有酸痛感。

爷爷嘿嘿笑道：“你小子是有书念啊，要是过去念不起书，跟我下海几年就把你培养成船老大了！”

海蛋儿顽皮一笑：“爷爷，我不上学了，我跟你出海打鱼。将来我们家也要有条大船，去远海捕鱼，挣大钱把爸爸的病治好，在村子里也盖起楼房！”

爷爷摆摆手：“你小子别有歪心思，不念书是不行的！我小时候看人家的孩子上学，我想都不敢想！你爸到了上学的年龄，我告诉你奶奶，就是吃糠咽菜也要把你爸爸送到学校读书，可他不争气，三天打鱼两天晒网。你奶奶也管不了他。我出海回来，他背着书包上学，我一走他就逃学。初中没念完外出打工，咳，到了今天的地步，也是你爸自找的！你可不能像你爸，学不上，书不念，哪有出息啊！爷爷再苦也要把你供到大学！”

海蛋儿低头用力划桨，爷爷的话刺痛了他的心。在他的记忆里，这是爷爷第二次用爸爸的经历来教育他。小学毕业，要到镇上念初中，海蛋儿却不想上学了，每天跟着村里那些辍学的孩子在海边混。爷爷一怒之下打了他，训斥道：“如果不上学念书，将来就像你爸爸，连老婆孩子都养活不了！”

海蛋儿缓慢划桨，舢板船在海面上荡出一条大弧线。爷爷熟练地把长长的网挂子下到水里，海蛋儿放下船桨，坐到船尾。爷爷站在船头，掏出烟斗吧嗒吧嗒地抽起来。

天色渐渐黑下来，海面上涌起波浪，舢板船开始不停地摇晃。海蛋儿望着夜空，充满好奇。浩瀚的宇宙繁星灿烂，神舟飞船上的宇航员，在遥远的太空舱里经历的是怎样的生活？海蛋儿脑中充满奇妙幻想……

爷爷急切地喊：“海蛋儿，起风了，收网上岸！”

海蛋儿这时才感到舢板船左右摆动，很难站稳。海蛋儿握住两支船桨，双腿叉开站稳后开始划桨。爷爷站在船头，快速收网。

风浪忽然加大，舢板船剧烈起伏摇晃。爷爷经常遇到平静的海面骤然起风的情况，凭多年经验，这股逐渐强劲的西南风，风力会越来越大。这艘小舢板船是经受不住大风浪的冲击的，好在离岸边不远了。

爷爷感到收网很吃力，若继续收网就要困在海浪中。这汹涌的海浪，不知道会把小舢板船卷到哪里。爷爷果断放弃收网，把收上来的网也一起扔进海里，两步蹿过来，猛地从海蛋儿手里接过双桨。

“快蹲下，把住船帮别撒手！”爷爷大声吼道。

海蛋儿立刻蹲下，伸开两臂，双手紧紧地把住两边的船帮。海蛋儿之前跟爷爷出海没有遇到过这么大的风浪，但他一点儿都不害怕。舢板船时而被涌起的巨浪抛到了浪尖上，时而跌入谷底，像在城里公园坐过山车一样刺激。

爷爷异常紧张。他很后悔，不该带着孙子下海。自己遇到再大的风浪，他都不畏惧。大半辈子在海上漂泊，什么样的大风大浪都闯过，从来没有胆怯和退却过。但现在他害怕了。海蛋儿从小经常跟他出海，划舢板遇到这样的大风浪却是头一回。如果风浪持续加大，舢板船将越发难以驾驭。

“海蛋儿，抱住我的大腿！”爷爷大声喝道。

海蛋儿开始恐慌了，这不像坐过山车那样好玩、刺激。大浪汹涌扑过来，舢板船被抛到浪尖上。一个浪头过去，舢板船从浪尖滑落下来，瞬间一个大浪又涌来，舢板船又被举到浪尖上。海蛋儿隐约听到爷爷的喊声，他不敢站起来，只能倾斜半蹲着的身子慢慢向后移动。他碰到爷爷的大腿，迅速转身一把搂住爷爷。

爷爷手里的双桨已经失去作用，舢板船随着海浪肆意起伏。爷爷知道这海浪再大也是凭借西南风向岸边涌去。他下网的时候，距离岸边就很近了，能听到打桩机的轰隆声，还能看到岸边萤火虫似的灯光。

爷爷不担心他的船被海浪推来搡去，但他要时刻警惕，不能让船涌到将军石一带，那里暗礁丛生，小船撞到哪块礁石上都要四分五裂。

舢板船在海浪中漂荡的速度加快。爷爷辨不清楚舢板船被海浪卷到了哪里。在海浪起伏的瞬间，爷爷看到远处耸立一个黑黢黢的东西，他惊恐地意识到，他们已经漂到将军石海域了。那个黑黢黢的东西是将军石最大的礁石射天狼，像跃起的一只狼，张开前爪扑向天空，不管多大潮汐和风浪都不能淹没它。

爷爷把一支船桨递给海蛋儿，大声喊："抱住我的腿和船桨！"

爷爷的话音刚落，舢板船一声闷响撞到暗礁上，小船立刻解体。爷爷和海蛋儿落入波涛汹涌的大海。在落水的瞬间，爷爷一把拉住海蛋儿的手臂，海蛋儿才没有被海浪卷走。

海蛋儿怀里抱着的船桨被海浪冲走了，爷爷把自己腋下夹着的船桨递给海蛋儿，让他双臂抱住船桨。爷爷头脑清醒，必须快速离开这个区域，否则有撞到暗礁的危险。爷爷知道不能顺着海浪漂游，他尽力顶着风浪横向游，想快速离开这片暗礁区。

海蛋儿跟随爷爷挥动手臂的节奏搏击海浪。他们在汹涌的海浪中挣扎、沉浮。爷爷年轻时候经历过这样的险情，靠一块船板在大海上漂泊一天一夜。那时他没有害怕，只要抱住船板就有生的希望。而如今他上了年纪，遭遇这么大的风浪，他感到了恐惧。他自己无所谓，一辈子闯荡大海，葬身在大海里也许是最好的归宿。可是，他的孙子刚考进城里的高中，人生的路刚刚开始，未来还很远，他是董家的希望！他此时感到痛心，无论如何都要把孙子救上岸！

"海蛋儿，一定要抱住船桨！"爷爷的喊叫声显得很微弱。

海蛋儿两臂紧紧搂着船桨。有爷爷在身边，他不害怕。爷爷一手搂住他的肩头，在风浪中任其起伏。

风似乎小了，但海水力量突然加大，仿佛有一只手扯着身子往下沉。爷爷知道这是暗礁附近形成的漩涡，如果卷进这个漩涡就会撞到暗礁上。爷爷吼道："搂住船桨！"

爷爷用力推开海蛋儿，奋力在海浪中挣扎一阵，最终还是被卷进了漩涡。

第二章

海蛋儿被海浪推到岸边，艰难地爬起来，可不见爷爷的身影，海蛋儿焦急地沿着岸边一阵乱跑。

“爷爷，爷爷，你在哪儿？”海蛋儿声嘶力竭地大喊。他的喊声在浪涛中显得苍白无力。

海蛋儿蹲下身号啕大哭：“爷爷，爷爷，你快上岸啊！”

夜深沉，海风呼呼地吹，海浪有节奏地扑向岸边。海蛋儿的哭喊声淹没在海风呼啸中。海蛋儿不相信爷爷会出事。爷爷虽被海浪卷走，但爷爷一定能游到岸上！在海蛋儿心中，爷爷是个英雄，出海遇到恶劣天气的时候，都能把大船驾到靠岸。爷爷下海抠海螺，一个猛子能憋好几分钟。爷爷教他在水里憋气缓气的窍门，他下海抠海螺，学着爷爷憋气换气的方法潜入海底，每次都是他最后一个钻出水面，收获比伙伴们都多。

海蛋儿喊了一阵，嗓子沙哑了。他蹲在沙滩上望着漆黑的海面，呜呜地放声大哭。他不能失去爷爷，爸爸生病躺在医院的病床上，还要爷爷下海捕鱼赚钱，爷爷不在了，爸爸的病没钱治，他也不能上学了！

海蛋儿拖着船桨，在沙滩上漫无目的地走。海风减弱，海浪的呼啸声平息了。海水哗哗地向岸边涌来，拍到海蛋儿的腿上。海蛋儿走在海浪冲刷的岸边，他不知道一直走下去是什么地方。见不到爷爷，他就一直走，边走边沙哑地喊："爷爷，爷爷……"

海蛋儿五岁就来到爷爷身边，是爷爷把他抚养大的。那一年，妈妈跟爸爸离婚后把他送到爷爷家。妈妈对爷爷说："我现在不能带儿子走，我有稳定的工作和住处了再来接儿子。海蛋儿不能跟他爸在一起生活，他带不出好孩子！"

从那天起，海蛋儿就跟爷爷生活在一起，一晃十一年过去了。他就要念高中了，妈妈至今没有来接他，甚至杳无音信。海蛋儿不能没有爷爷，爷爷也对孙子寄予厚望。爷爷说这辈子最想去的地方就是北京，他长大了一定要帮爷爷实现理想。

海蛋儿顺着沙滩绝望地奔跑着，不知道跑了多远，脚步越来越沉重，最后无力地坐在沙滩上。大海变得温柔了，潮水阵阵涌到海蛋儿的脚下。海水很凉，海风很冷，他全身不住地哆嗦。他抬头看看夜空，镰刀似的弯月在黑色的云朵里穿行，他不知道现在是什么时间。天亮还见不到爷爷，他就下海去找爷爷。

海蛋儿抹着眼泪，望着漆黑的海面发呆。远处的航标灯塔闪着亮光，偶尔有低沉的轰鸣声传过来。海蛋儿辨清了自己所在的位置，这里距离太平湾正在建设的码头不远了。爷爷下最后一网时，他正在划桨，抬头看到了远处亮起的一片灯光。海蛋儿擦干眼泪，心中燃起一线希望，他没有被海浪卷到很远的岸边，爷爷肯定也不会被海浪卷走。

海蛋儿站起来，把船桨扛到肩上，继续往前走。海蛋儿走了一阵，远处的轰鸣声清晰地传过来，一片模糊的灯光也明亮起来。潮水渐渐退去，海蛋儿追逐着涌到岸边的浪花走，一脚踩到细软沙滩上的贝壳，却没有感觉。他小时候每到夏天都是光着脚丫子在外面跑，脚下已经磨出一层厚茧。海蛋儿不知哪来的力气，步子迈得很大，快步向前走。

突然，海蛋儿站住了。

前面有一团黑黢黢的东西在蠕动。海蛋儿把船桨握在手中，胆怯地往前慢慢挪动。如果是只大海龟爬上来，他还不感到害怕。如果是个人，为什么趴在沙滩上？海蛋儿猛地反应过来，狂喊道："爷爷，是爷爷！"

海蛋儿拼命地跑过去，看见爷爷趴在海滩上，挣扎着爬行。他扑到爷爷身上，失声痛哭：“爷爷，爷爷，我以为再也见不到你了……”

爷爷有气无力地坐在沙滩上，把孙子搂在怀里，他心里的石头落地了。在舢板船撞到暗礁的一瞬间，他的左腿感到剧烈疼痛。他断定小腿骨被船板撞断了，细长的小船桨承受不住他俩，他要保全孙子。他迅速推开孙子，让孙子随着海浪往岸上涌，他咬牙在浪涛中挣扎。只要不沉下去，他就能爬到岸上。他和大海厮磨了几十年，了解大海的脾气，驾驭不了的海浪，就顺从它，任自己在浪尖和浪谷中沉浮。海浪温顺起来，就可以顺着浪涌爬上岸。

爷爷拍拍海蛋儿湿漉漉的头，幽默地说：“爷爷怎么会扔下你就走啊，你上了大学，有了工作，娶上媳妇，爷爷才能走啊！”

海蛋儿从爷爷怀里坐起身，兴奋地说：“爷爷，你真是英雄！我就知道爷爷一定能上岸。”

爷爷伤感地叹口气：“爷爷的腿可能断了，差点儿沉到海底喂鲨鱼！”

海蛋儿惊惧地说：“爷爷，哪条腿？我们怎么回家啊？”

爷爷活动一下左腿，感到撕裂般的疼痛。年轻的时候，在生产队排船，一块木板砸在他的腿上，胫骨骨折，在家躺了半年才出海。那时年轻，感冒了喝碗热汤，吃几瓣大蒜就好了。可现在是花甲老人了，体力明显下降，要不是有点儿老功底，他就很难上岸了。

“左小腿可能骨折了，你把我搀起来，找个干爽的地儿躺一会儿，等到天亮再说。”爷爷拉着海蛋儿的手臂，要站起来。

海蛋儿让爷爷搂住他的肩头，用力站起来。爷爷左脚不敢落地，忍着剧烈疼痛单腿蹦跳。海蛋儿搀扶着爷爷慢慢往前走。爷爷的伤腿揪心地疼痛，他咬牙跳几步，体力不支，一下子瘫坐在潮湿的沙滩上。

“爷爷，你出汗了，疼得吗？”海蛋儿感到爷爷搭在他肩上的手臂湿漉漉的。

爷爷满头大汗，可他不能告诉孙子骨折如何让他撕心裂肺地疼。爷爷无力地躺到沙滩上，仰望着繁星点点的星空，估摸现在是午夜两三点钟。盛夏季节，天亮得早。蒙蒙亮的时候，再让孙子回村找人。

海蛋儿忽地站起来，大声地说：“爷爷，我知道你疼，在咬牙坚持！我回村里找人，送你去医院！”

“要走十多里黑路，你不敢走！”

“我敢走！爷爷，往这边走吗？”

海蛋儿回答得果敢坚定，爷爷沉默片刻后开口：“咱俩现在待的地方是高家窝棚海边，你不能顺岸边走。这一带有海参圈，黑灯瞎火掉进去可就爬不上来了。你一直往前走，穿过这片海防林是一片苞米地，再穿过一片矮树林，就能看到高家窝棚村。你进村找吕三宝爷爷，有人不知道他的名字，你就说找老海兔，村里人都认识。”

海蛋儿按照爷爷说的路线，开始往高家窝棚村走。海蛋儿没有走过夜路，树林不是很大，稀疏的几排高高的杨树，很快穿过去。苞米地却是黑压压一片，向两边望去，没有尽头。海蛋儿顺着垄沟往前走。苞米叶子窸窸窣窣地响动，像旁边也有人在玉米地里穿行。海蛋儿禁不住打个冷战，握紧拳头，低下头，防止苞米叶子划脸，闷头快步往前走。他走了一阵，感觉身边有动静。海蛋儿蹲下身喘息了一会儿，哗哗的声音还在响动。海蛋儿壮起胆子大声喝道："谁？快出来！"

没有人应答。海蛋儿静心听了一会儿，起身自语道："董海杰，你真完蛋，风刮苞米叶子的声音就把你吓住了！"

苞米地里出现一条小道，海蛋儿开始小跑，深一脚浅一脚，坑坑洼洼。海蛋儿一个趔趄跌倒了，啃了一嘴巴稀泥。"呸呸呸！"海蛋儿又擦又吐。他从地上爬起来，继续沿着小道往前跑。这片苞米地好大啊，走了很长时间，总算走到地头了。

海蛋儿踉踉跄跄地又走进一片矮树林，草木茂盛，每走一步都很费力。海蛋儿经常和伙伴到树林里爬树掏鸟窝，村子附近的树林几乎都钻过，这片树林却没有来过。树林里都有小路，弯弯曲曲贯穿整个树林。他现在找不到这样的小路，只能凭感觉穿行。

咕咕咕，传来几声猫头鹰的叫声，海蛋儿不由得心慌起来。他看不到一丝光亮，头上的星星都看不见，像走进深不可测的深渊里。海蛋儿紧握拳头，大声唱起歌……

第二章

爷爷左腿腓骨骨折，虽然不是粉碎性，但由于在海水里浸泡时间过长，血管神经损伤严重，接骨后也难以恢复血管神经，而且还会出现局部坏死症状，医生建议最好的治疗方案是左腿膝盖以下截肢。

海蛋儿蹲在医院走廊里，默默地抹眼泪。爷爷的腿截掉了，就不能再领着他下海了。没有钱，爸爸的病怎么办？他上学的钱怎么办？海蛋儿伤心地抽泣起来。

大姑从病房出来，看到海蛋儿蹲在走廊里啜泣，把海蛋儿拉起来，坐到旁边的椅子上，掏出纸巾擦去他脸上的泪珠。

“海蛋儿，大姑知道你难受，爷爷不能领你出海打鱼了。医生说，现在接上了，也恢复不了了，在海里泡的时间长，血管神经坏死了，还要来住院截肢。爷爷治病的钱，和你爸爸治病的钱，还有你上学的钱，我和你老姑拿，你不用担心。”

大姑心疼地安慰海蛋儿。孩子也够命苦的，从小父母离异就跟爷爷一起生活，他的生命中不能没有爷爷。

海蛋儿听了大姑的话止住了抽泣。他抬起含泪的眼睛看着大姑：“大姑，爷爷和爸爸治病的钱，还有我的学费，等我长大挣钱了，还给你们！”

大姑含泪笑起来：“大侄儿，你是有心的孩子，家里的事你不用分心，开学后安心上学吧！”

海蛋儿听了大姑的话，焦躁的心稍有平静。可是他看到爷爷被从手术室推出来，左小腿没有了，忍不住趴在爷爷的身上失声痛哭。爷爷低垂着松弛的眼睑，伤感地说：“怨我啊，西风不过午，过午是老虎。晌午了西风还在刮，我还在太平湾里转悠。不应该贪这最后一网啊！赶了一辈子海，最后让海浪给弄残了，我怎么有脸见村子里那些船老大！”

大姑二姑安慰爷爷，村子里哪个船老大遇到这种情况都不可能上岸的。只有董老大才是海里的蛟龙，遇到什么样的险情都能回到岸上！董老大感叹道，还是自己的女儿了解老爹的能力。他扭曲的脸露出一丝苦笑。

“爸，你装乐和，你孙子心情才能好点儿！”大姑给爷爷擦脸的时候，附在他耳边悄声地说。

爷爷恍然大悟，浑浊的眼睛亮起来，哈哈一笑："大孙子，爷爷不能瘫在炕上，照样领你出海打鱼！"

海蛋儿抹着眼泪嘟囔道："爷爷说谎！左腿都没有了，还能上船吗？"

大姑笑着对海蛋儿说："爷爷跟你说的是真话。爷爷的腿可以安装假肢，以后什么都不耽误做，你放假回村也能领你下海！"

海蛋儿含泪微笑："爷爷不瘫在炕上就好！我不用爷爷领着也能下海！"

海蛋儿忽然感觉爷爷老了，他的额头不知何时布满皱纹，眼睛也没有了亮光。在他的记忆里，爷爷是个大力士，扛起两支船桨健步如飞。爷爷一个猛子扎进海里半天才钻出水面，手里一定攥着大海螺或是舞动爪子的大螃蟹。在他十岁的时候，奶奶病逝，爷爷为了照顾他很少出海，在家侍弄田地和果园。他到镇上上初中了，爷爷就把田地和果园包出去，重操旧业。不少船东知道爷爷要出海，争着抢着要爷爷当船老大。爷爷宁可少挣钱，选择一家不出远海的船家，好方便照顾孙子。周日海蛋儿放假回家，爷爷划着自家的小舢板船，载着他在附近的海域打鱼。后来海蛋儿的爸爸患上了尿毒症，在外面混不下去回到家里。爷爷不能眼看自己的儿子躺在家里没钱就医，可出海挣得的几个钱，根本不够给儿子每周两次的透析用，孙子念书的费用也紧张起来。爷爷只好辞去船老大的工作，划着小船在近海打鱼，贪黑起早，多打些海货卖钱。可没有想到，如今遇到突起的风浪，横遭了这样的祸事，家里的生活来源没有了，一切花销都要依靠两个姑姑资助。

海蛋儿沉默了，他从来没有想过家里的事，要交学费了，就跟爷爷要钱。爷爷就打开存钱的小木箱，笑眯眯地问，大孙子，你要多少？爷爷那么相信他，他要多少，爷爷就给多少。他知道爷爷挣钱不容易，所以从来不乱花钱。同学们偷着去镇上的烧烤店，他很少去，即便偶尔去也是好哥们儿硬把他拉去。爷爷对他说，在外面交好朋友不能总花别人的钱，那样就招人烦了。爷爷就给他零钱。他告诉爷爷，他去吃饭都是给同学面子。海蛋儿说这话不是在炫耀，他在同学中是有威望的。他不是班干部，却有班干部的号召力。

爷爷住院花销大，又牵涉两个姑姑的精力，爷爷要出院，回家到村诊所输液。姑姑不放心，大姑便把爷爷接到家里，海蛋儿也跟着住到大姑家。

大姑家住在城西的城中村，四间平房，东西两间简易厢房把院子空间压缩到一半。城中村的民宅一家挨着一家，每家的东西厢房都很大。海蛋儿自己住在东厢房的一间宽敞的房间里，爷爷住在上屋，便于大姑照顾。大姑父是货车司机，全国各地跑，十天半个月不着家。大姑家两个女儿，大女儿结婚在本市居住，二女儿大学毕业在外地工作。大姑让海蛋儿来城里上学的时候住在家里，每月住宿费和伙食费都能省下来。海蛋儿环视屋里，未来三年的每个夜晚都要在这里度过了。

海蛋儿跟着大姑来到医院看望父亲董波。这是一家民营专科医院，父亲没有医疗保险，只能在条件一般的医院治疗。海蛋儿有半个月没有见到父亲了，父亲明显消瘦了。

父亲刚做完透析回到病房，看到儿子，立刻打起精神，憔悴的脸上露出笑容。董波看到儿子一天天长大，越发感觉对不起儿子。一个完整的家庭被他的鲁莽和任性葬送了，给儿子的心灵留下创伤。儿子越大，他的愧疚感越重。尤其现在病入膏肓，他心里更是充满罪恶感。回想这一生，他最对不起的就是海蛋儿他们母子。他初中辍学闯荡社会，南方的城市转了不少，但没有干好一个安稳的工作。被骗去做传销，把家里攒的那点儿钱都耗尽了。那时父母劝他回村跟父亲上船出海，可他宁可在外流浪也不回村当渔民。他在外面混了七八年，终于在省会城市找到适合自己干的活，跟着一伙人干装修。一个偶然机会认识装修队包工头，他请包工头喝了两次酒，包工头便把刮大白的活分包给他。他招来几名农民工跟着他干，他从中抽成。干活的人中有个叫于婉玲的姑娘，是跟哥哥从吉林辉南过来的。他见于婉玲长得俊秀，便动了心思，开始关心照顾他们兄妹俩。

于婉玲的大哥看出他的心思，出面做媒人。哥哥劝说妹妹，董波有经济头脑，爱交朋友，将来能干成大事。但于婉玲发现董波爱喝酒，号称“董一瓶”，这样的人喝起酒来没有节制。于婉玲有些担心，不相信董波的人品。经过一年观察，于婉玲看到董波生意有起色，加之董波的软磨硬泡，于婉玲相信了爱情。婚后儿子出生，他们又开了建材商店。可是董波不走正道，染上赌博的恶习，屡教不改，输了喝酒后折磨于婉玲。一个生意兴隆的建材店，两年就让他败光了，辛辛苦苦攒钱买的两居室也被迫卖掉还了赌债。于婉玲领着五岁的儿子，没有了生活出路。她狠下心把儿子送到爷爷家，她南下打工，决定有了安稳的工作再回来接儿子。

“姐，爸的腿截肢了，不能出海了，海蛋儿上学的钱，你和二姐费心了。我的病就不治了，回家靠吧，活着也遭罪！”董波有气无力地说。

大姑嗔怪地说：“不准说丧气话，有病慢慢治，我跟你二姐不会不管你的！”

董波看着大姐，内疚地说：“我这辈子是报答不了你和二姐了，我儿子长大一定要报答两个姑姑！”

海蛋儿一直低垂着头，听了爸爸的话，猛然抬头，凝视爸爸说：“还有爷爷！”

第四章

海蛋儿在大姑家住了一晚上，翻来覆去睡不着。还有一个月才开学，他不能在大姑家白吃白住。大姑让他去找补习班补课，他说没有必要。花钱去预习课程，对他来说不起多大作用。现在家里需要钱，不能白白浪费暑假，他可以回村赶海抠海螺、下挂网捕鱼，挣钱给爸爸和爷爷治病，再攒点儿学费。

海蛋儿吃完早饭，告诉大姑，他要回村住，开学再回来。大姑愣了一下，问："你回家，谁给你做饭吃？你是要下海去？"

海蛋儿不置可否地说："大姑，我还有一个月开学，我想弄海货卖点儿钱！"

可无论海蛋儿怎么说，大姑也不同意他回村，担心没有爷爷在家，他会惹出祸来。

爷爷在屋里听到他们的对话，把他们喊进屋里。爷爷挪动一下伤残的腿，痛苦地咧咧嘴："淑霞，海蛋儿没有书念，待不住啊！他回去弄点儿海货，攒点儿零花钱也行。潮涨潮落，在海边抠点儿海螺、蛏子、蚬子没啥危险，海边的孩子，做这点儿活不算啥！"爷爷看着海蛋儿，又板着面孔叮嘱："村后的老崖头不能去，那里水流一日三变，你们小孩撑不住。别人去，你也不准去！答应爷爷，你就可以回村了！"

海蛋儿答应爷爷，当天就拿着大姑给他买的一些食物回到村里。

爷爷家四间土坯房在村里显得十分简陋。最近两年，村里有钱没钱的人家都开始大兴土木扩建房屋，为的是等待村子整体动迁，多得到拆迁款。大姑二姑要出钱给爷爷翻新房子，可爷爷不同意。爷爷说咱不能占那便宜，真动迁了，国家给多少算多少，有房子住就知足了。

爷爷住在东屋，老式木柜已看不出颜色了，上面摆放一台陈旧的电视机，屏幕沾满灰尘。海蛋儿住在西屋，靠着炕沿是一张简陋的书桌和一个板凳，桌面上摆满书籍和草纸。糊墙的报纸泛黄，都是有了年代的报纸。海蛋儿有时凝视墙上报纸，看着三十年前的各种新闻，感到很新奇，好像是很遥远的一个时代。爷爷晚上坐在饭桌旁，捏起酒壶就爱讲过去的事。

海蛋儿把桌子上的书本整理了一下，又把爷爷的屋子和厨房都收拾一遍。不知道爷爷在他上学前能否回来，从小到大他没有离开过爷爷，现在感到很孤单。大姑家进城后，爷爷出远海几天不回来，他就自己在家，有时他的两个好哥们儿大涛和二壮来陪他。可现在，大涛跟着父亲去外地打工，二壮去国外读书。他们开始各走各的路，不能像过去那样说聚就聚了。

海蛋儿打开米缸，里面还有半袋大米和半袋玉米糁子。碗橱下面的柳条筐里有半筐鸡蛋，墙壁上挂着一串晾晒的海鲇鱼、鲅鱼干。院子里的一块菜地，有爬满秧子的黄瓜架、芸豆架，还有几垄小葱、茄子、辣椒和半垄韭菜。几天没有浇水，菜叶子都蔫了，小葱和韭菜像得了软骨病，全都趴在地上。

海蛋儿开始拯救菜园，一个月间的菜全靠这个小园子了。海蛋儿挑上水桶到村子池塘，家里的水井水位下降，爷爷浇菜园都是到水塘里取水。爷爷从来不让他挑水浇菜，说他的肩膀还不硬实。今天挑起满满的两桶水，他的步子有点儿乱，晃悠几下险些跌倒。海蛋儿放下担子，找好平衡重新挑起来。当他把第一担水倒进菜地时，感到爷爷能做的事情，他也能做了。

浇完菜地快晌午了，海蛋儿开始做午饭。有时爷爷出海回来晚了，他就学着做饭。即使饭做夹生了，爷爷也吃得喷香，还不住地夸奖大孙子做的饭真好吃。现在海蛋儿做顿简单的饭菜是分分钟的事。他把一碗大米洗好放进电饭煲里，然后去菜园里割了一把韭菜，到井台择洗干净，切成碎末，又往大碗里打了两个鸡蛋，把韭菜末放到鸡蛋液里，再放点儿盐，用筷子快速搅动。把大锅刷干净，灶膛里塞进一把干柴点燃，大铁锅里放了半勺豆油。不一会儿豆油嘶嘶地响起来，把那碗搅好的鸡蛋液倒进油锅里。顷刻间鸡蛋液就成了饼状，用铲子快速翻动几下，一盘韭菜煎鸡蛋就做好了。

海蛋儿吃完饭，从西厢房把地笼网翻出来。爷爷的仓库里放满农具和渔具，有拉网、挂网、地笼网、船桨、船锚，零零碎碎地摆满屋子，挂满墙壁。海蛋儿平时很少进到仓房里，爷爷把这些工具和零散的东西归拢得整整齐齐，找什么东西一眼就能看到。地笼网堆放在墙角，拉网和挂网卷成一卷挂在墙壁上。

海蛋儿把地笼网都搬到院子里，有二十多个。他逐个挑选，没有破损的有十五个，有的地笼上端的圆形铁环断开，可以用铁丝缠住。海蛋儿找来铁丝和钳子，把断开的铁环用细铁丝捆绑上。地笼就是一个用网做成的笼子，网眼细小，上面有个小口，进来的鱼别想再出去。网底是筛子网，只漏水不漏物。这是最简单的捕鱼工具了，放到离岸不远的浅水区，几个小时后，划着舢板船进去一个一个收上来，里面就有鲇鱼、小鲈鱼和赤夹红等海货。赶上大潮，收获十几斤海货很容易。

海蛋儿把电饭锅剩的米饭都盛到盆里，用力攥成一个个小饭团，每个地笼网里放一个。做完准备工作，他用扁担把它们挑到海边。

海水正在退潮，裸露的海滩上有很多来旅游的人在抠蚬子。有几只小舢板船搁浅在浅滩上。海蛋儿下海心切，忽略了涨潮退潮时间。现在这潮水还没有退到远处的七星礁，这是爷爷曾告诉他的，那片礁石露出水面，就开始涨潮了。潮水涨到他脚下需要好几个小时。他不能在海边等到半夜，只好把地笼网又挑回家。

海蛋儿从西屋把自行车推出来，他要去镇上的集市看一下。那里每天都有下船的海货出售，他要去了解一下行情。自行车后胎瘪了，他用气筒补气，可车胎扎了一个洞，哧哧冒气。上学时车子坏了都是爷爷给修理，现在他只能徒步去镇上。

村子离镇子有十多里路，时常有村里人开着电动三轮车去镇上。海蛋儿低头走在路边，村子很大，有七八百户人家，前街和后街的人家都很少来往。尤其像他这样的半大小子，不少老户都不认得。但提起董老大的孙子，不认识他的人会惊讶地喊一声：“这么大了！”以前小，不懂得大人们的惊叹声和奇怪的眼神是什么意思，现在他长大了，渐渐地明白了那些人惊叹声中充满好奇，奇怪的眼神充满怜悯。他也明白了自己的家庭跟同学的家庭不一样，在他的记忆里，妈妈是模糊的，爸爸是陌生的，只有爷爷是他最亲的人。

迎面驶来一辆电动三轮车，速度很快，眨眼工夫就到了海蛋儿面前，从他身边一闪而过。可三轮车刚走不远，突然停下，从车上跳下来一个少年，大声喊道："董海杰！"

海蛋儿回头，惊喜地喊："大涛！"

大涛来到海蛋儿面前，发出疑问："你不是在城里吗？听说爷爷的腿撞断了，现在怎么样了？"

海蛋儿没想到会遇见他最好的朋友大涛，初中毕业分手的时候，海蛋儿和大涛、二壮在镇上吃了一顿告别饭。大涛初二就不读书了，跟父亲去搞装修。二壮家里送他去英国上学。他们从孩提时一直到初中，几乎每天形影不离，一起洗海澡，一起在海滩上烤海螺，一起去槐树林里掏鸟窝。转眼间十几年过去了，他们开始各奔东西。

海蛋儿伤感地说："爷爷的腿接不上了，做了截肢手术。我今天上午回来的。你怎么没走？"

大涛没回答，却担心地问："爷爷以后不能出海了，你上学怎么办？"

海蛋儿低沉地说："大姑和二姑供我上学。"

大涛嘻嘻笑道："海蛋儿，我知道你回村干吗来了。"

“干吗？”

“你要赶海挣钱交学费，对吧？”大涛嘿嘿笑道。

海蛋儿点头：“是啊，我还有一个月开学，爷爷也不用我伺候，我想攒些钱，给姑姑家减轻点儿负担。”

“我老爸去太原揽活，我在家听信儿，一半天走不了。咱俩一起赶海，我帮你弄海货去市场卖！”大涛爽快地说。

海蛋儿兴奋地和大涛抬起手臂击掌：“太好了！”

第五章

半夜，海浪扑向沙滩的哗哗声，在寂静的夜里阵阵响起。海蛋儿和大涛划着舢板船，在波浪泛起的海面上慢慢行进。海蛋儿划桨，大涛往海里放地笼网。海面漆黑，船边支起的一根短杆，上面绑着一个手电筒，微弱的光线照在船下的水面上，如同蜡烛一般暗淡。

舢板船是大涛在他二叔家借的。大涛又把他家里三十多个地笼网都拿到海边。船小放不下这么多的地笼网，只能分批往海里下网。海蛋儿和大涛都跟大人们下过地笼网，相互配合默契，往返岸边两趟，把地笼网都下到海里了。

海蛋儿把舢板船上的锚钩扔下去，小船在水面上漂荡。他俩蹦下船蹚着膝盖深的海水走上岸边。大涛看了一下手机上的时间，午夜两点钟。

“咱俩回家躺一会儿吧，天亮了，我弄点儿吃的。”海蛋儿和大涛上半夜忙着整理地笼网、做诱饵，午夜涨潮开始下海。他俩实在太困乏了，躺在炕上没说几句话就睡着了。

天亮了，海蛋儿醒来，大涛还在呼呼地睡。海蛋儿跳下炕，到井台打了一盆清水快速洗漱完，开始做早饭。海蛋儿做了最简单的饭菜，就是大米干饭、煎咸鱼、一碗紫菜汤。做好饭，海蛋儿喊醒还在酣睡的大涛。

大涛一个激灵起来，伸着懒腰："在你家睡觉真香！爷爷在家的时候，冬天给咱俩烤地瓜，烤鲅鲫鱼吃。我妈烤不出那味道。"

大涛的话让海蛋儿想起爷爷来，不知道爷爷夜里腿还疼不疼了。他把大涛放在柜子上的手机拿过来，给大姑打电话。大姑愣住："大清早你哪来的手机？"

"大涛的手机。"

"你跟大涛在一起？"大姑压低声音惊疑地问。

海蛋儿明白大姑的问话。大涛在他们的印象中是个坏孩子，似乎所有坏孩子的恶习都体现在大涛身上，初中没有念完，就成为街溜子。大姑以前就叮嘱过他，少跟大涛在一起玩。

海蛋儿看一眼在井台洗脸的大涛，说："大涛昨晚帮我下地笼子，天快亮了才回来。大姑，爷爷的腿还疼吗？"海蛋儿赶紧问，他怕大姑说大涛，让大涛听到不好。

"昨晚换药了，能强点儿。海蛋儿，少跟他在一起，不能跟他去惹祸！你开学了，大姑给你买一部手机。别人家孩子有的，你也要有！”

大姑的声音很激动。海蛋儿“嗯”了一声，急忙挂断手机。大涛走过来冷笑一声，说：“我知道大姑说什么了，大姑不让你跟我在一起玩，怕跟我学坏了。董海杰，我到外面的世界闯荡，一定出息个人模狗样回来。我要有钱了，把村子的路铺上柏油，再安装上路灯，像城里一样，晚上也要灯火通明。让他们对我的坏印象一扫而光！”

“你有钱了为村里做些好事，我大姑他们对你的印象肯定能转变过来的！”海蛋儿相信大涛有做生意的能力。

大涛跟海蛋儿站在一起显得很单薄，他跟同学们打架，都要让海蛋儿站脚助威。他们所谓的打架就是摔跤，谁被摔倒压在身下，谁就服输。大涛跟人摔跤招架不住，眼见就要被压到身下的时候，海蛋儿立刻出面拉架，不管对方是哪个年级的人，都要给海蛋儿面子。初一那年夏天，班里有个男生欺负女生，海蛋儿路见不平，站出来制止，跟那个男生单挑摔跤。他们约定，海蛋儿输了，给那个男生一百元钱；那个男生输了，在学校里不准再欺负任何人。他俩来到教室后面的树林边，在同学们的围观中开始摔跤。那男生个头比海蛋儿高，没有把海蛋儿放在眼里，可连摔三跤都被海蛋儿压在身下。海蛋儿一战成名，在同学们中有了威望。同学玩篮球都爱跟他一伙，输赢无所谓，跟海蛋儿在一起有种荣耀感。

大涛好奇地问："董海杰，你肯定能上大学，你将来想干什么？"

海蛋儿爽快地说："考军校，当一名海军！最理想是能上航空母舰！"

大涛知道海蛋儿的性格，想到就要做到。刚上初中的时候，海蛋儿学习成绩一路下滑。他经常跟大涛、二壮逃课去镇上的溜冰场玩。学校召开家长会，海蛋儿的大姑去了，知道海蛋儿在学校的糟糕表现，气愤地要打海蛋儿。大姑父制止了冲动的大姑，领海蛋儿到建筑工地送水泥。海蛋儿坐在车里看着卸车的农民工一袋一袋地从车上搬水泥，扛到水泥垛上。四个人一天卸了八车水泥，汗水和水泥粉子混在一起，像一个个雕塑的活人。晚上大姑说他若不念书，就跟大姑父的车装卸水泥。第二天海蛋儿离开大姑家，默默地开始认真读书。三年后，海蛋儿以学校第一名的成绩考到岳城市重点高中。他的理想是考军校，大涛一点儿都不怀疑他的能力。

"我相信你能当上海军，那时候你能不能领我上你们的航母上看看？"大涛羡慕地看着海蛋儿。

"能，我要当舰长，请你到航空母舰上参观！但保密的东西不能随便看，那你就别看了。"海蛋儿很认真地说。

大涛笑嘻嘻地说："就像你是舰长了！这事你可别忘脑

后了！”

他俩伸出小拇指，做起小时候的游戏：“拉钩上吊，一百年不许变！”

吃完早饭，海蛋儿开始收拾鱼篓。爷爷的几个鱼篓都整齐地挂在墙上，海蛋儿挑了两个大的鱼篓，摘下来用网线把漏洞补上。他们在等待收地笼网的空当去潜水抠海螺。每次涨潮退潮，这一带海域都有很多海螺沉积在水底的淤沙中。他们放学赶上退潮，经常下水抠海螺，在岸边拾些干柴点燃，用细铁丝把海螺穿起来，吊在火上烤。鲜嫩的螺肉是少年记忆里的美食，是他们成长中的一道风景线。

海蛋儿找到一只防水镜，交给大涛，让他戴护镜下水。海蛋儿的水性比大涛好，憋气时间长。

“董海杰，你的眼睛比我的重要，还是你戴着吧。”大涛背起鱼篓，走出院子。

海蛋儿把防水镜挂在脖子上，挎上鱼篓，拎着一桶淡水，追上大涛一路说笑着来到海边。

海水涨满潮，沙滩上那道弯曲的水痕线已经被淹没了。舢板船在微波泛起的海浪中摇晃着。海蛋儿把鱼篓和淡水桶放到岸上，让大涛在岸边等他。海蛋儿下水，很快游到舢板船前，一个猛子下去，把插在水下的锚钎子拔出下来扔进船舱，随后他双手把住船沿，猛力一蹿，扎进船舱里。

海蛋儿把舢板船划到岸边，大涛蹚水过来，把东西都搬到船上，海蛋儿划动船桨，舢板船在波浪中快速向远处划去。

地笼网的白色泡沫水漂在水面上漂浮。大涛坐在船头，船划到水漂旁边，海蛋儿停止划桨。大涛探出身子，抓起水漂把地笼网拽出水面，网里的几条鲇鱼在乱蹦。

“有货啊！”大涛激动地喊。

“放回去，还不到收网的时候！”海蛋儿却很平静，他跟爷爷经常下地笼网，爷爷告诉他，鱼儿在潮水渐退中疯狂地乱窜，这时最爱往网里钻。

海蛋儿又划了一阵，停下桨。舢板船在海面上漂动。

“咱俩就在这儿下水吧，再往里走水就深了。”海蛋儿站起身，脱下汗衫和短裤，把鱼篓绑在腰间，准备跳下船。

大涛忙喊：“你把防水镜戴上，在水里时间长了眼睛会泡红的！”

海蛋儿把防水镜戴好，做了一个深呼吸，一个猛子扎下去。海水浑浊，水流平稳。海蛋儿沉入海底，脚下踩到硬邦邦的东西。海蛋儿弯腰，伸手抠出两个海螺，随手放进鱼篓里。

海蛋儿吸一口气能憋两分钟。他张开手臂做划水动作，在水下走动。脚下踩到有硬壳的东西，就迅速扎下头伸手抠。沉甸甸的一块海卵石，可表面又不光滑。海蛋儿没有扔，放进了鱼篓里。

海蛋儿蹿出水面，换了一口气。大涛还潜在水里，海蛋儿又迅速扎进去，沉到海底。循环往复十几次，鱼篓里已经有半篓海螺了。大涛也从水里钻出来，急促地大口喘着气。

海蛋儿游到大涛面前，把鱼篓解下交给大涛：“舢板船漂远了，我去追回来！”

舢板船随着缓慢退潮的海水，渐渐漂到远处。海蛋儿目测一下，舢板船距离他有百米远，而且越往里漂，水流越急，漂移的速度就越快。

海蛋儿交替划动两臂，像条鱼在快速游动。十几分钟过去，海蛋儿终于追上舢板船。他坐进船舱，大口喘着粗气。半上午的阳光开始晒人了，海蛋儿摘下防水镜，光线耀眼。他从水桶里灌了一罐头瓶子水，咕嘟咕嘟喝下去，全身又充满力量，划着船桨，小船箭似的向岸边驶去。

第六章

舢板船靠近岸边，海蛋儿抛好锚，拎着一罐头瓶子水来到大涛身边。大涛仰头喝下，边抹嘴边说："咱俩还能下去弄两趟，这回要把舢板船的锚抛好再下水。"

海蛋儿觉得很累，倒在大涛身边，望着潮水涌动的岸边："累了就不下去了，等一会儿收地笼网，然后去镇上把海货卖了。"

大涛把两个鱼篓里的海螺折腾到一起，一只满是污泥和绿苔的像圆石头的东西混在海螺里。

"海蛋儿，这是什么东西？你把它都抠上来了。"大涛说着，把手里的圆石头丢到沙滩上。

海蛋儿在水下抠时就感觉不是一块石头。他捡起来，扒掉上面一块污泥裹着的绿苔，露出一块硬壳。海蛋儿觉得是个海螺，可他细看，露出的那块硬壳非常光滑，还有褐色斑点。海蛋儿觉得奇怪，他见到的海螺壳都是土黄色，外表疙疙瘩瘩的。

海蛋儿拿着这个圆东西跑到海边，用海水把污泥和绿苔都洗掉后，呈现在他眼前的是一个漂亮的贝壳。灰白色壳体非常光滑，上面布满褐色斑点，像老虎身上的斑纹。贝壳外唇两边是又短又宽的一排锯齿，内唇齿细而长，明显跟海蛋儿见过的一般贝壳不一样。海蛋儿想用手指抠里面的淤泥，可是手指伸不进去。

“大涛，找根树枝过来！”海蛋儿冲着岸边喊。

大涛拎着一根柳树条来到海蛋面前，他惊讶地看着海蛋儿手里的花贝壳：“这是什么海螺？从来没见过！”

海蛋儿折断柳枝，慢慢地抠贝壳里面的淤泥，很快把里面的淤泥抠干净，用水涮干净，放在手掌上。阳光下，贝壳熠熠发光，像一个彩色艺术品。

“这不是海螺？里面还是空的，这么好看！”大涛拿在手里欣赏。

“我也没见过。爷爷一定认识！”

潮水退去，靠近岸边的地笼网露出水面，网里的鱼在乱蹦。海蛋儿划桨，舢板船慢慢划到有网漂的位置。大涛把地笼网一个个提到船舱里，刚收集不到一半，船舱已经堆满地笼网，有的网里有货，有的是空网。把船划到浅水域，他俩往岸上搬网，然后快速划船进去继续收网。海里的地笼网都收上来了，他俩开始收拾海货，分类往大桶里放。

海蛋儿经常跟爷爷下地笼网，干起活来非常熟练。他把地笼网口撑开，拎起网底向上，将里面的海货都倒出来。大涛开始分拣，把鱼装到一个桶里，虾爬子、赤甲红装在一起。地笼网不能网到大鱼，最大的不超过筷子长，大多是鲇鱼、鲈渣子和青皮鱼。

他们忙活一阵子，地笼网都收拾干净了。海鲇鱼大半桶，杂鱼混装一桶。虾爬子五六斤，海虾十几个。大涛眯起眼睛估摸，这些海货能有三十多斤。

“你算海螺了吗？”海蛋儿把半鱼篓海螺拎过来，放进车斗里。

大涛一愣：“对啊，这些海螺能有十多斤！”

海蛋儿显得很兴奋：“今天收获不小，回家弄点儿吃的，然后去镇上卖。”

“别，趁着海货新鲜，赶快出手还能多卖点儿钱！到镇上吃个面包，对付一口算了。咱俩先把这些网送家去。”大涛开始往车上装地笼网。

海蛋儿站在车斗上，大涛在车下往上递网，海蛋儿接到手，一个个地将网叠在一起。四十多个地笼网堆成一个小山，鱼桶和鱼篓都压在下面。他们用绳子把车封好，大涛启动三轮车，可海蛋儿要他等一会儿，急忙跳下车。

海蛋儿跑到沙滩边，把放在一块石头上的花贝壳捡起来，爬上三轮车的车斗，一手紧握车栏杆，一手紧紧攥着花贝壳。

小镇很繁华，在周围村镇中属于中心镇。一条国道从这个毗邻海边的小镇中穿过，每天车水马龙，很多路过的车辆会停下，到路边的农贸市场逛逛，买些新鲜货。

蓝色彩钢大棚里的摊位都是商户花钱租的。卖海鲜的区域在市场入口，占据最佳位置。海蛋儿没有摊位，不能在里面卖，也不敢在大门口摆地摊。没有摊位的商贩，蹲在马路边卖的东西，价钱比市场里的便宜。有人来买，价钱差不多就出手。

大涛把车停在靠近市场的路边。下午路边商贩不是太多，卖蔬菜、水果和海鲜的都有。大涛选择一块空地，要把车上装鱼的塑料桶抬下来，旁边摆摊卖蔬菜的大娘瞪着眼睛过来，一看是海鲜便转身回到自己的摊位上。

海蛋儿没有蹲过市场摆摊，大涛却经常跟他妈妈来卖海货，比海蛋儿有经验。他选好位置，把事先准备好的塑料布铺好，把桶里的海货倒出一些。海蛋儿要把鱼篓里的海螺倒出来，大涛马上阻止他，海螺放在外面不一会儿就覆盖一层灰尘，看上去就不新鲜了。

大涛把一个空桶扣过来，让海蛋儿坐在上面，又从树上掰下树枝交给海蛋儿："赶苍蝇，别让它们落下来。我溜一圈，看看他们都卖多少钱。”

海蛋儿慢慢挥动着树枝，把兜里的漂亮的贝壳拿出来，攥在手里不时地摆弄着。有个男人过来看着海鲇鱼，问:“刚下船的吗？”

“是下地笼网抓的。”

“怪不得净是小鱼。这也不新鲜了，多钱一斤？”那人蹲下身，捡起脚下的树枝，把大一点儿的鲇鱼都扒拉到一边。

海蛋儿往市场门口张望，不见大涛的影子。海蛋儿显得难为情:“叔叔，我还不知道卖多少钱呢，您等一会儿吧。”

那人不耐烦地扔掉树枝，站起身走了。

第一次摆摊，遇到的第一位顾客竟生气地走了，海蛋儿失望地看着他的背影。现在多么需要卖出点儿钱，好买两个面包吃。他从城里回来时，大姑给了一百元零花钱，他舍不得花，放在书包里。他饿得直不起来腰，大涛也一定饿得更难受。他感到有点儿亏待大涛，没有大涛帮助，海蛋儿真不会摆摊，在市场上就是个“摊盲”，啥也不懂。

大涛回来，得意扬扬地说:“我都弄清楚了，市场里的海货都没有我们的新鲜，比他们便宜点儿肯定好卖！”

海蛋儿悻悻地说:“刚才来人要买鲇鱼，说咱这鱼小，还不新鲜。还是便宜点儿卖了吧。”

大涛讥笑:“你没做过生意，不知道市场上的潜规则。

贬家是买主，他贬低的东西，才能花最少的钱买到手。咱这点儿东西谁贬低也没用，不愁没人买。我去赊点儿东西吃，卖了钱就还上。”

海蛋儿喊住他：“都多少钱一斤？来人买，我说不上来，人家又走了！”

“我马上就回来！”大涛噌噌地跑了，不一会儿拎着一袋面包、火腿肠和两瓶矿泉水回来了。

他们狼吞虎咽地吃起来。海蛋儿吃完，一抹嘴说：“大涛，咱们像爷爷那样，把鱼兑给贩子，就不用在这儿蹲着了。”

大涛诡秘地眨巴着眼睛，悄声说：“你不懂，秤秤走能多出斤数，就多卖钱。这点儿玩意儿，一会儿就出手了！你在一边坐着，看我怎么卖的。”

海蛋儿要把水桶让给大涛坐，大涛一把摁住海蛋儿：“你认真学着点儿，过几天我去打工了，你自己也能摆摊。这没有做几何题难，敢吹牛就行！”

海蛋儿平时跟大涛在一起，没感觉他这么老练，像个大人似的什么都懂，相比之下他却显得笨拙。大涛说得对，过几天大涛走了，他要自己练摊了。生存技巧，不比在课堂上学习轻松。

大涛看到一对男女慢悠悠在逐个摊位看，像是买主，他轻声喊道：“新鲜海鲇鱼，新鲜海螺，便宜了！”

他们走到摊前，看眼大涛和海蛋儿，两个半大小子卖货，觉得有点儿奇怪：“你俩卖货的吗？”

“是啊，老板，这海鲇鱼可是新上来的，回家炖豆腐能吃两碗大米饭！”大涛嬉笑地说。

海蛋儿很紧张，不住地转动手里的花贝壳。

“多少钱一斤？”女人问。

“挑大的六元，一股脑秤五元。鲈渣子和青皮鱼少，十元就卖，市场里都卖十五元！”大涛拎起一条半尺长的鲈鱼给女人看。

女人对男人说：“这几条小鲈鱼都要了，再来三斤鲇鱼。”

大涛一怔，没有秤，又没有装鱼的塑料袋。他嘿嘿一笑：“姨，你稍等一会儿，我把秤拿过来！”

大涛到旁边卖蚬子的摊位，说：“大姨，我忘拿秤了，借我用一下，给你两元钱也行。”

女摊主爽快地说：“小子，用下秤要什么钱！你哥俩儿正是玩的时候，就知道出来挣钱啦？”

大涛嬉笑地说着话，又要了几个塑料袋，拎着秤杆回来。海蛋儿要动手往袋子里捡鱼，大涛把海蛋儿伸出的手挡回去，他往袋子里装鱼。大涛把几条青皮鱼一遭装进去，女人直嚷嚷不要青皮鱼。

大涛继续往袋子里装：“就这几条青皮鱼，回家一卤盐煎吃可香了！”

男人笑道：“小子还挺会卖货的，都捡里吧。”

大涛装好两袋鱼，分别放到秤盘上，抬起秤杆，拨动秤砣：“鲇鱼三斤六两，算三斤半。鲈渣子鱼六斤二两，算六斤，总共……”

大涛瞧眼海蛋儿，海蛋儿皱下眉头，说：“鲇鱼二十一元六角，鲈渣子鱼六十五元，总共八十六元六角。”

男人惊讶地看着海蛋儿：“这小子脑袋真好使，张口就来啊！”

大涛脖颈一挺：“老板，你以为这小子是小商贩呢？他是我们镇中学的学霸！你给个整数吧！”

第一笔八十六元到手，装进海蛋儿的短裤兜里，他感到沉甸甸的。一个多小时后，仅剩下鱼篓里的海螺和少许虾爬子及十几只小海虾。海蛋儿的裤兜已经鼓起来，差几块钱就卖到两百元了，一个月的伙食费快解决了。

一辆白色的轿车慢慢停在摊位前，车窗打开。开车的是个中年女人，她探出头问：“海螺多钱一斤？”

“刚打上来的，还是活的。市场里卖小芽海螺十元，大芽海螺十八元，姨，你要是全包便宜，给你十五元一斤。”大涛把鱼篓里的海螺都倒出来，展示给她看。

中年女人下车，后排的车门也打开，一个穿着白色休闲运动服、扎着马尾辫的少女下来，蹲在摊前，好奇地看着地上的海螺。

她伸手拿起一个海螺，惊奇地说："妈妈，是活的！买几个回家放鱼缸里吧！"

中年女人看一眼大涛，又看一眼海蛋儿，问："鱼缸里是海水，能养活海螺吗？"

海蛋儿怕大涛说假话，马上说："姨，是海水也养不活。海螺在水下都趴在泥沙上或钻在泥沙里。"

中年女人一怔，看着海蛋儿问："你十几岁啊？"

海蛋儿低下头喃喃道："十六岁。"

中年女人痛心地摇摇头："你们俩正是受教育的年龄，辍学做生意，太可惜了！"

大涛嘿嘿笑着指着海蛋儿说："他可没辍学。他是全校第一名，考上了市一高。趁没开学赶海弄点儿海货卖。"

中年女人惊疑地又看一眼海蛋儿："考上一高了？考了多少分？"

海蛋儿点头："730 分。"

女孩忽地站起身，瞪着黑亮的眼睛："哇，你比我还高 5 分呢！你叫什么名字，开学咱俩都是奥班的！"

"他叫董海杰，小名叫海蛋儿！"大涛抢先说。

女孩抿嘴轻笑："海蛋儿，有意思啊！哎，董海杰，你手里是什么？是海螺吗？"

海蛋儿把手里的花贝壳递给女孩："在海里捡的花贝

壳。”

中年女人接到手里，看了一下说：“这是虎皮斑纹贝，北方海域少有这样的贝壳，可能是渔船带回来的。”

女孩拿在手里，欣赏一会儿，递给海蛋儿：“好漂亮的虎皮斑纹贝！”

海蛋儿犹豫一下，羞涩地说：“送给你吧。”

女孩看了看妈妈，妈妈没有阻止她。女孩把虎皮斑纹贝放在胸前，落落大方地伸出手：“谢谢！我叫林冬娅。”

海蛋儿迟疑下，红着脸跟她握手。

林冬娅轻轻地握着海蛋儿的手，嫣然一笑：“我们开学见！”

第七章

初战告捷，海蛋儿收入三百多元。海螺都被林冬娅妈妈买走了。大涛逗趣地说："海蛋儿，你捡的虎皮斑纹贝真值钱啊！当时喊价卖给她好了，她妈能多掏钱买。"

海蛋儿立刻反驳："我跟她要花贝壳钱，以后在学校见到了多尴尬啊！一个小贝壳还要钱，这不是吝啬鬼吗？"

大涛嘻嘻地笑："你跟她是同学了，还是一个班的。咱班的女同学没一个比她长得好看。以后我长大了就找她这样的女朋友，笑眯眯的，你都不敢抬眼看她。她喜欢你的小名海蛋儿，你喜欢她吗？"

海蛋儿把空水桶放进车斗里，不知道为什么大涛的话让他的心怦怦跳起来。跟班级的女生说话，甚至班长徐晓燕偷偷给他辣条的时候，他都没有这样紧张过。第一次接触城里的女生，他们握手了，那一时刻让他感到窒息。

海蛋儿跳上车，埋怨地说：“你的嘴太快了，干吗叫我的小名。我到高中不想让同学们喊我小名了！”

海蛋儿的小名，是奶奶给起的。爸爸妈妈叫他胖宝，到了爷爷家成天在海边玩，晒成黑铁蛋儿，奶奶就喊他海蛋儿。奶奶不在了，奶奶给他的小名却伴随他长大。

大涛不以为然地说：“那怕什么？叫你小名的人都是亲近的人，你别纠结这点儿事了。剩下的虾爬子和虾拿回家蒸了，今晚吃饱喝足，明天还继续下海。”

海蛋儿其实不是真心埋怨大涛把小名告诉林冬娅，他是想转移大涛的问话，他不知道喜不喜欢这个女生。她的中考成绩仅低他 5 分，比班长徐晓燕的成绩还好。

大涛开车往回走，海蛋儿喊他停车，要下车买吃的。大涛没有停车，快要出镇子时，才把车停在路边：“这家烧鸡好吃，来一只吧。”

大涛买了只烧鸡。海蛋儿去超市买了些火腿肠和几桶方便面。回到家，海蛋儿把半斤虾爬子和几只海虾洗净，放到锅里蒸。

夏日的傍晚，忙活了一天的人们坐在院子里，丝丝海腥味的微风轻抚在脸上，感到无比舒服和惬意。这时海蛋儿才体会到为什么黄昏时分，爷爷喜欢坐在院子里抽着烟而不急于吃饭。这是奔波劳累后难得的轻松时刻，所有的疲惫一扫而光。

海蛋儿和大涛有两年没在一起吃饭了。上初一的时候，他们经常跑出校门到镇上的烧烤店撸串。他们出去吃喝都是二壮掏钱。二壮的零花钱比海蛋儿每年的学费都多。海蛋儿和大涛开始吃时，想起往日的哥们儿已经分别，都有一种淡淡的惆怅。

“二壮出国了也不说一声，不知道我们什么时候能见面。”海蛋儿想起二壮，情绪低落。二壮的妈妈曾经领着二壮和他一起去商场买衣服、鞋子，把他和二壮打扮得像哥俩儿似的。

大涛知道二壮妈妈对海蛋儿好，他回家问妈妈，二壮妈为什么对海蛋儿像对二壮那样好，经常给海蛋儿买衣服穿。大涛妈妈告诉他，二壮妈妈是可怜海蛋儿没有妈妈。大涛家做好吃的，大涛妈妈也经常把海蛋儿叫到家里来吃饭。海蛋儿上初中后，知道同学的妈妈是同情他，就很少再去他们家玩了。

“我给二壮妈妈打电话，你说几句话啊，我看你是想二壮了。”大涛掏出手机要打电话。

海蛋儿说：“赵姨一定很忙，你给二壮打个电话吧，英国这时候是上午，他也许在上学。”

大涛龇牙一笑：“我哪有钱付国际长途话费？应该让他买单，谁让他走的时候不吭一声！我晃他一下，看他能不能回。”

大涛拨通二壮的手机，嘟嘟响了两声，立刻挂断。他俩凝视着手机，半天没有回音。海蛋儿没了吃喝的兴致，吃了几口菜准备下桌。

“海蛋儿，二壮不回话是正常的事。他将来是外国人了，我们是真正分开了。不像咱俩在国内，还能经常见面。你说是不？”大涛也没了食欲。

他们沉默了半天，大涛转移话题，说：“明天地笼网不能下了，上来的海鲇鱼不值钱，咱俩抠海螺吧，一斤大芽螺快卖到二十元了。”

海蛋儿想了一下，说：“把地笼网下水里，不费多大劲，也不耽误抠海螺。这是时间成本争取收益最大化。做鱼饵能费点儿事，也不用你做。爷爷说浮渡河入海口附近杂鱼多，下面是泥沙，海螺也多。”

大涛说：“听你的。我回家一趟，我妈说二弟这几天在镇上的网吧不回来。他要不在家里，我就去镇上把二弟找回来。”

大涛骑上三轮车，手机突然响起。他从车上蹦下来，急忙跑进院子喊：“海蛋儿，二壮的电话！”

海蛋儿惊讶地说：“快接听啊！”

大涛接听，二壮问：“大涛，你在哪儿？海蛋儿还在村里吗？”

大涛急忙说：“我在家，还没出去打工，跟海蛋儿在一起，你跟他说话吧。”

海蛋儿接过电话：“二壮，你在英国了吗？”

“我的签证没有下来，跟我妈在北京。我明天回岳城，回村去见你们俩啊！”

海蛋儿高兴地说：“大涛跟我住在家里，帮我抠海螺卖。你回来我们烤海螺吃！”

二壮放下电话，海蛋儿和大涛兴奋起来，把剩下的饭菜痛痛快快吃完。大涛回家，海蛋儿开始做鱼饵。忙到10点多，大涛没有回来，海蛋儿躺在炕上看《百年孤独》。

这本书是班主任老师送给他的。在他离开学校的时候，老师把他找到办公室，两句话总结了他初中的表现：“你小子悟性很强，后劲十足，但不可自傲！”海蛋儿端正站着点头。老师又说：“到高中，要自信、笃学，任何时候不要满足！”

海蛋儿现在想起老师的话，居然产生了急于上学的感觉。高中的学习生活是什么样子，他一头雾水。可下午遇到了中考成绩比他仅少5分的城里女孩林冬娅，让他感到了学习环境的压力。老师送给他的话，也许踏入高中课堂的时候，他才能真正体会到深刻的含义。

早晨海蛋儿睁开眼睛，看到大涛躺在炕上睡得正香，不知道他是什么时候回来的。海蛋儿到厨房开始准备早饭。昨晚做鱼饵的时候，把早晨的饭带出来了。还有剩的香肠和几块鸡肉，不用做菜了，只需要做两碗汤。

海蛋儿娴熟地把两个鸡蛋敲开，用筷子快速搅动蛋液，碗里的蛋液渐渐变成浅黄色。铁锅刷干净，放入一瓢清水。水沸腾起来，海蛋儿把碗里蓬松起来的蛋液倒入锅里，然后放入一绺干紫菜和少许精盐，再放两汤勺香油。连贯操作一气呵成，一小盆紫菜蛋花汤就端到饭桌上。

海蛋儿把大涛喊起来。大涛伸着懒腰说："在网吧找到二弟，把他弄回家都后半夜了！"

海蛋儿看到大涛睡眼惺忪，说："你上午睡觉吧，我自己去抠海螺，地笼网下午再放。"

大涛到井台洗漱，说："我爸昨晚打来电话，那边的活快拿到手了，我也陪不了你几天了。"

海蛋儿一愣，呆呆地站住了，仿佛失去了什么。

"哎，你怎么像丢了魂似的！"大涛扔下毛巾开始吃饭。

海蛋儿沮丧地说："你要走了，我挺失落的。"

他俩默默地吃完饭，开始装车。海蛋儿带上吃的上车。天亮，大涛开车沿着土路一直往南走，来到浮渡河入海口。宽阔的浮渡河，两岸是果树林子。河水缓慢地向入海口流淌，浑浊的河水融入淡绿的海水，形成泾渭分明的一道水线。

大涛把车开到桥下，沿着河边向不远处的入海口开过去。他们在几年前来入海口玩，知道这里的水不深，不知道河口处能不能有鱼，他们今天只带来三十个地笼网。海蛋儿昨晚做完鱼食，都放进地笼网里了。现在他们把网卸下来，开始下水放网。

齐腰深的河水，脚下是淤泥，越往里面走，河水越深。海蛋儿和大涛拖着地笼网一边游着一边放网。放到河中心，三十个地笼网都下到水里了。他俩游上岸，往前走准备下海抠海螺。

海蛋儿瞧了眼漂浮的地笼网水漂，看到河面上缓缓飘来一团东西。

“大涛，你看桥下漂来什么东西？”

大涛瞧一眼，讥嘲地说：“别看了，肯定不会是钱漂下来了！”

大涛往前走不远，回头一看，海蛋儿站在原地一直盯着漂浮物。海蛋儿看清漂浮物是一捆草，上面有一团白色的东西。海蛋儿很好奇，走下岸堤，站在河边等待漂浮物缓慢漂游下来。

第八章

漂浮物顺着岸边渐渐地往河中间漂去。海蛋儿距离漂浮物越来越远，他迎头追了几步，看到草捆上面是一团白色的东西，里面好像裹着什么。

海蛋儿扑通一下跳进河里，快速游过去。草捆被荡起的涟漪晃悠起来，加快速度向下游漂去。海蛋儿接近草捆，看清上面是一大团手纸，好像包裹着一个东西。他不敢拼力击水，担心涌起波浪掀翻草捆。

海蛋儿快速向草捆游过去，靠近草捆前，他看到大团手纸里包裹着一个婴儿，只露出个小脸，眼睛紧闭，没有声息。海蛋儿把住草捆快速往岸边游。

大涛在岸上惊呼："真是值钱的东西啊！"

海蛋儿游到岸边，喘了口气："是个婴儿！抱住，别掉下来！"

大涛喊道："你快撒手！我妈说，碰到这样的东西要倒霉的！"

海蛋儿紧紧地搂住草捆，生怕被流水冲走。他擦把脸，急迫地说："这个婴儿可能还活着，我们不能见死不救！"

大涛还在犹豫，海蛋儿吼道："大涛，这是一条生命，我们必须救下来！"

大涛没有见过海蛋儿发这么大火，不再犹豫，急忙把草捆抱上岸。海蛋儿也从水里爬上来，走到河坝上。他俩蹲在草捆前，惊奇地看着露着小脑袋的婴儿，粉嘟嘟的脸，紧闭着眼睛，头发毛茸茸的。

"赶快扔河里吧！"大涛摸一下婴儿的肌肤，吓得缩回手。

海蛋儿小心翼翼伸手摸摸婴儿的脸，凉冰冰的，没有一点儿温度。这是谁把一个死孩子扔到河里了？海蛋儿抓起草捆，正要扔进河里，忽然，婴儿张开小嘴哇地哭了一声。

"真的活着！"海蛋儿惊愕地喊。

他俩迅速把裹在婴儿身上的手纸打开，胖乎乎的两只小脚丫微微动了一下。大涛看到婴儿的肚子上有一个像肠子一样的东西。

"这是什么？"大涛轻轻一拽，婴儿大声哭起来。大涛好奇地说："怎么长在肚脐眼上？"

海蛋儿打了下大涛的手:“别乱动!你看是个小丫头,像个小耗子!”

大涛焦急地说:“怎么办?咱俩也不能养活她啊!还是放回河里,别人看到收养吧。”

海蛋儿咧着嘴,有点蒙了。这是一条生命,再放回河里肯定没命了。没想到救人一命的事情,落到了自己的头上。把“小耗子”抱回家自己养活,这不可能。他没有钱不说,还要上学。送到城里给大姑、二姑养活,可一想也不行,两个姑姑还要照顾家人,护理爷爷,哪有时间养这个“小耗子”?

“大涛,把‘小耗子’送你家吧,让你妈养着,你还能有个小妹妹。”海蛋儿劝大涛抱回家。

“你拉倒吧,我跟我爸出去包活,站住脚了,我妈还要去。你想我妈能收养‘小耗子’吗?”大涛马上拒绝。

海蛋儿伸手轻轻地摸一下婴儿肉乎乎的小手,焦急地说:“‘小耗子’身上这么凉,一定是在水里漂了很长时间。你赶快打电话报警,让警察叔叔抱走吧。”

大涛摸下兜:“哎呀,手机落家里了!快送镇上的派出所吧!”

海蛋儿把汗衫脱下来,包住婴儿,坐进车斗里。

大涛开车选择走苞米地头的小路。地头青草覆盖,车辙依稀可辨。大涛加大油门,三轮车在坑洼不平的小路上颠簸。海蛋儿一手抱住婴儿，一手把住车斗栏杆。地头上的苞米伸展的叶子像锋利的小刀，从海蛋儿肩膀掠过，海蛋儿感到火辣辣地疼。三轮车冲出小路，上到大道上直奔镇上的派出所。

一位女警察从小楼里出来，看到两个少年抱着什么往院子里跑，忙上前拦住："你们抱的什么东西？"

海蛋儿急促地说："阿姨，我们捡个小孩，是活的！"

女警察接过婴儿，打开外面的汗衫，愕然地说："脐带还没有剪断？快送医院啊！"

女警察大声喊来两个警察："大张，跟我去医院！小田，你把这俩孩子的笔录做了！"

海蛋儿和大涛走进楼里，警察和蔼地问他俩话，一问一答，留下他们的住址和亲人电话，然后在笔录上签下名字，摁下红手印，就让他俩走了。

大涛开着三轮车要回浮渡河入海口，海蛋儿说："先去医院看看'小耗子'怎么样了。阿姨说脐带没剪断，会不会影响她生命？"

大涛开车去镇医院，三轮车刚进院里，海蛋儿跳下车往楼里跑。

正门大厅里有很多人，急诊室宽大的门紧闭。海蛋儿轻轻推一下，打开一道缝。女警察坐在椅子上，看到门缝露出海蛋儿半张脸，她起身迎出来。

“叔叔给你们做完笔录了吗？”

“阿姨，我们都摁手印了，叔叔让我们走的。‘小耗子’还好吗？”海蛋儿担心地问。

女警察笑了：“你们俩做了一件好事啊！医生说，不及时送到医院，这个婴儿就没有体温了。现在婴儿在保温箱里，护士正在喂奶粉。你俩回家吧，需要找你们指认现场的时候，你俩要协助我们到现场去。”

海蛋儿痛快地答应，他们放心地离开了医院。

海蛋儿站在车上，迎面扑来的海风吹拂汗津津的脸，让他感到轻松和惬意。从爷爷受伤，他的心情一直很沉重，无法接受爷爷失去半条腿的现实，想起来就难过。今天他救起一个幼小的生命，忽然觉得刚诞生时人的生命如此弱小，一个风浪过来这个小生命就没有了。爷爷和他在遇到大风浪时却能完全抵抗，这就是生命的成长和顽强！

快到浮渡河大桥了，大涛把车停在路边一棵大树下。他从车上跳下来，说：“饿了，咱俩把面包吃了再去入海口吧。”

海蛋儿拎起塑料袋里的食物从车上蹦下来，俩人坐在树荫下，吃着面包香肠，喝着矿泉水。海蛋儿一上午没有下海，感觉也挺累。

“你知道‘小耗子’是从哪儿来的吗？”大涛神秘兮兮地看着海蛋儿问。

"她妈妈生的，这有什么奇怪的？"

大涛龇牙一笑："我还不知道孩子是妈妈生的啊！大人的事我比你懂！我问你'小耗子'是从哪儿漂来的，她妈妈为什么不要她了？"

海蛋儿低下头，"妈妈不要他"的话，在他懂事的时候就深深地铭刻在心里。这么多年没有人在他面前说这样的话，可听到大涛说"小耗子"是妈妈不要了的，他心里一阵难过。他感觉"小耗子"的命运跟他一样，都是妈妈不要的孩子。

大涛没有看出海蛋儿脸色难看，继续说："他妈妈真是个狠人！'小耗子'长大了，不会去找她妈妈的！"

海蛋儿气恼地说："你吃饱了吗？吃饱了，我们就下海！"

大涛怔住，海蛋儿莫名其妙地发火，是不是因为现在啥收获没有，他着急了？大涛却显得不急："赶趟啊，一下午时间肯定比昨天收获多！"

海蛋儿把吃剩下的食物都装进塑料袋子里，绑在车斗的栏杆上。他跳上车斗站好，等着大涛开车。

大涛瞅瞅海蛋儿，似乎明白海蛋儿情绪突然变化，可能是因为他提起了"小耗子"的妈妈，触及他的痛处了。他们在一起玩的时候，每次提起妈妈的话题，他都孤独地躲在一边不吭声。长大后大涛渐渐地知道海蛋儿内心的痛苦，他们在一起的时候，都避免说起自己的妈妈。大涛意识到刚才的话无意中触到了海蛋儿痛楚的神经。

大涛加大油门，三轮车在平坦的公路上一路狂奔。

第九章

他们在海边抠了一会儿，没有收获多少，浮渡河入海口风平浪静，河口岸边停靠一艘快艇，四周没有人。大涛开车从桥上下来，走到下地笼网的地方，惊呆了，地笼网都堆在岸上。

“谁在偷鱼！”大涛果断地说。

海蛋儿跳下车，跑下河堤，逐个翻开地笼网。有的里面有鱼，有的是空网。如果是偷鱼，三十个地笼网都会收拾得干干净净，网里不会有鱼的。骄阳已经把鱼晒干瘪了，显然，笼网被人拽到岸上好长时间了。

海蛋儿和大涛正在归拢地笼网，准备再次下到河里。远处的快艇走下两个男人，矮胖子光着膀子，脖颈上挂着小手指粗的金黄色项链；穿着花衬衫的人脖子细长，嘴里叼着烟，歪着脑袋看着海蛋儿和大涛忙碌。

他俩把地笼网一个个捋好，准备下河放网，矮胖子喊道："小兔崽子，你们俩上来！"

海蛋儿感觉不对劲，这两个人一脸怒气地盯着他俩。海蛋儿悄声对大涛说："这里可能不让下网，我自己上去，他们要是打我，你赶快跑！"

大涛嘟囔："车在上面，我跑了车不要了？"

他俩一前一后走上河堤，怯生生地看着两个男子。

"谁让你们到河口下网的？"矮胖子抬脚踢在海蛋儿的屁股上，海蛋儿闪下身，后退两步。

大涛谄笑："大哥，这地方也没写不让下网啊，我们也不知道！"

细脖子瞪大眼睛骂道："小兔崽子，来，我给你写脑门上！知道不？这河口是我们老大承包的地儿，要在这里建渔港！"

海蛋儿不敢向前，担心矮胖子还会踢出臭脚。海蛋儿辩解："对不起，我们不知道。我们把网拿走，不在这儿下网了！"

"嘿，你还要拿网？我看你俩是小崽子，不罚你们钱了。把网没收了，顶罚款了！"细脖子恶狠狠地说。

大涛挺直脖颈，说："大哥，我们没有网怎么打鱼？打不到鱼就卖不了钱，我哥们儿上学就没钱交学费。两位大哥，给小弟一个面子。我们把网拿走，保证永远不来这里下网了！”

矮个子讥笑：“小兔崽子，你有什么面子？滚蛋！”

海蛋儿脸色通红，微微喘着粗气，拉住大涛的手，断然地说：“不要了，我们走！”

大涛没有动，眼珠子转动一下，笑嘻嘻地说：“这破网也不值几个钱，别说卖了，白给别人都不要！”

细脖子把烟头弹到大涛的身上，不耐烦地说：“你穷磨叽什么？你们不滚三轮车也别想开走了！”

海蛋儿拉着大涛气恼地说：“走！”

大涛甩掉海蛋儿的手，走上前说：“你们不让我们在河口下网，我们到前面海里抠海螺你们管不着吧？”

细脖子瞪大眼睛吼道：“你小子是欠揍？这河口都被我们老大买下来了，不准在入海口周围弄海货！”

矮胖子诧异地问：“你俩能潜下去抠海螺？”

海蛋儿和大涛点头。

“这里有海螺，我让你们俩下去，但是有个条件，你们必须答应！”矮胖子乜斜着海蛋儿。

海蛋儿警觉地问：“什么条件？”

“你们抠上来的海螺，给我们一半。你俩要是同意，我用快艇把你们送到里面下水，保准有货！”

海蛋儿看着大涛，犹豫地说：“行吧，咱俩多抠点儿呗！”

海蛋儿和大涛脱下汗衫，扔到车斗里，把鱼篓系在腰间。停在岸边的快艇发动起来，他俩上了快艇。矮胖子掌舵，细脖子用怪异的眼神盯着海蛋儿和大涛，厉声喝道：“你俩小崽子给我听好了，下海抠海螺是你们自愿的，出了意外赖不着我们，你们听明白没有？”

大涛轻蔑地哼一声：“大哥，你瞧不起谁？我和我哥们儿从小就在海边玩，什么风浪没见过？”

细脖子讥讽说：“嘿，你还会吹牛？我看你们能抠多少海螺上来！”

海蛋儿盯着快艇行走的线路，再往里走，海水越来越深。海水越深，他们潜水的时间就越长，在水底摸不到几个就要出水面换气。海蛋儿回头对掌舵的矮胖子说：“大哥，不要往里面走了，我们就在这儿下水。”

矮胖子把快艇停下来：“我们就在这儿漂着，你们下吧！”

海蛋儿和大涛把鱼篓系在腰间，海蛋儿戴上防水镜，一个鱼跃扎入海里。大涛随之跳下快艇。

海蛋儿沉入水下，水深不到两米，海底是淤泥。踩下去碰到硬邦邦的东西，俯身抠出来，就是一个大海螺。海蛋儿迅速放进鱼篓里，接下来甚至不用脚踩寻找海螺，直接上手抠，一口气抠了七个海螺。

海蛋儿浮出水面，深深地喘了几口气，又潜入海底继续抠海螺。海蛋儿感到惊喜，他经常跟爷爷下海抠海螺，可从来没有遇到过这样的地方，海螺个头大，而且还聚堆。海蛋儿动作麻利，从淤泥中抠出海螺也不涮洗，立刻装入鱼篓里。他每次憋气到难以忍受的时刻，才迅速钻出水面换口气。

几个来回过后，海蛋儿的鱼篓满了。他拖着鱼篓向快艇游去，在海水的浮力下，海蛋儿没有感到沉重。快艇上支起遮阳伞，矮胖子和细脖子躺在伞下，悠闲地抽着烟。他们看到远处有人游过来，立刻开着快艇迎过去。

海蛋儿把鱼篓的绳子从腰间解下来，举到快艇上，矮胖子伸手握住绳子，把鱼篓拽上去。海蛋儿双手把住船沿猛地往上一蹿，爬上快艇。他望着水面，问："大涛怎么没上来？"

细脖子嘴角叼着烟，斜着眼睛说："那小子没有你能憋气，一会儿就钻出喘气。快要露头了！"

细脖子的话音刚落，大涛在快艇前面的水面露出了头。海蛋儿喊："大涛，过来吧，上来休息一会儿！"

大涛看到海蛋儿在快艇上喊他，便游过来。大涛鱼篓里的海螺有半篓，他爬上游艇，看到海蛋儿鱼篓满了，对细脖子说："大哥，我这些给你们吧，海蛋儿那篓子我们拿走！"

矮胖子瞪起眼睛："嘿，你不傻啊！拿你那么点儿海螺想糊弄我们？两篓子放一起平分，少一个都不行！”

海蛋儿抠的都是大芽海螺，如果都倒出来分堆，他们肯定要挑大个头的拿。海蛋儿给大涛使个眼色，大涛明白海蛋儿的意思，立刻蹲下身把海蛋儿鱼篓里的海螺往他的鱼篓里捡。

两个鱼篓里的海螺几乎一样多了，大涛指着鱼篓说：“大哥，这下行了吧？”

细脖子拎起两个鱼篓，掂量两下：“二哥，差不多一样重！”

矮胖子问：“你们不下去抠了？不下去就把你们送上岸。”

海蛋儿果断地说：“不抠了，上岸！”

矮胖子启动快艇，不一会儿就冲到入海口岸边。大涛把他鱼篓里的海螺倒在快艇上，海蛋儿把他的鱼篓拿下快艇，快速向三轮车走去。

细脖子喊住他俩：“先别走，过来商量点儿事。”

海蛋儿把鱼篓放进三轮车上，回到快艇前。细脖子笑眯眯地看着他：“这里的货多吧？你俩给我打工，每天每人五十元，你们抠的海螺都归我。不管每天抠多少货，钱不会差的。你们每天都有固定收入，一个月下来学费不就够了吗？”

大涛瞧眼海蛋儿，海蛋儿犹豫片刻：“大哥，我回家想想。你先让我把地笼网拉走吧。”

矮胖子说：“你个小兔崽子就是事多！把你那篓海螺留下，地笼网可以拿走！”

大涛拉着海蛋儿的手：“走吧，破渔网不要了！”

大涛开着三轮车，一溜烟来到镇上。

海蛋儿有了昨天摆摊的经验，找好一个空地，把鱼篓打开，挑出几个大芽海螺做样品摆在地上。

有人看到新鲜的大芽海螺，蹲下身挑选。那人问海蛋儿多少钱一斤，海蛋儿指定昨天的价格，张口就说：“十元一斤！”

大涛走过去，说：“这么大的海螺，市场里面二十元都不能卖。你要全包了，十六元卖给你，单称十八元。”

那人把鱼篓里的海螺都倒出来，看了一下说：“我都要了，过秤吧。”

大涛去借秤，海蛋儿忽然想起二壮今晚来，他们要烤海螺，都卖了还烤什么海螺？不能失信，宁可少卖点儿，也要留下二斤晚上他们烤着吃。

海蛋儿又往鱼篓里捡海螺，那人诧异地问：“你干吗还专门挑大的往回捡？”

海蛋儿挑拣了六个，拎起鱼篓说：“晚上我的哥们儿来，留着烤点儿吃！”

那人大声说：“我不要了，没有你们这样卖货的！”

大涛拎着台秤回来，看到鱼篓里有六个大海螺，立刻明白海蛋儿的意思。他笑着对那人说："大哥，别发火啊！一个不留，都卖给你。晚上我们烤海螺再去抠点儿，这算什么事！"

海蛋儿把鱼篓里的海螺都倒出来过秤，那人把十多个小一点儿的海螺挑拣出来："这些我不要了，单秤十七元一斤，卖我就要，不卖我就走。"

大涛同意了，让海蛋儿把海螺装进鱼篓里。过完秤，那人付了钱。他俩去买烧烤炉和木炭，又买了牛肉和鸡翅。海蛋儿花了一百多元，大涛感到挺心疼："东西买多了，退回一些吧。"

海蛋儿笑着说："明天还有收获！"

第十章

晚霞笼罩着渔村，显得格外静谧。两艘大渔船停靠在渔码头，往下卸海货，一些鱼贩子围在渔船旁边等着买鱼。

“海蛋儿，我去海边的渔船看一下，弄几条小鱼烤着吃。”大涛拿着一个塑料袋子走出院子。

海蛋儿把木炭放进烧烤炉里，然后把酒精块破碎撒落在木炭上点燃。黑烟冒起，又渐渐消失，木炭变成暗红色的火炭。海蛋儿进屋找大涛的手机，要给二壮打电话。一道刺眼的车灯射进院里，海蛋儿一愣，快速跑出去，二壮来了！

二壮从车里下来，对司机说：“耿叔，你回城吧，明天听电话来接我！”

二壮背着双肩包，走进院子里。海蛋儿惊喜地喊：“二壮！”

二壮上前拥抱海蛋儿，用英语说："我们又见面了，哥们儿！"

海蛋儿也用英语回答："伦敦朋友，欢迎你！"

二壮哈哈大笑："我还没挪窝呢，现在还算不上伦敦朋友！大涛呢？"

大涛在大门口喊道："你们俩别用鸟语说话，我听着别扭！二壮，你怎么不联系咱哥们儿？"

二壮显得委屈地说："这是咱哥们儿做的事吗？我跟我妈在北京等签证待了十多天，我想等有结果了，我们再见面。"

"大涛，二壮遇到特殊情况了，别埋怨他了，咱们开始烧烤吧。"海蛋儿为二壮解围。他们把铁丝网放到燃起炭火的烤炉上，洗好的海螺摆到上面。

大涛把井边的盆子盖掀开，把手里拎的塑料袋里的东西倒进盆子里，兴奋地说："你们看，我要来了什么？"

一只大八爪鱼伸出长长的触手往盆外爬，盆子里的六只拳头大的赤甲红也往外爬。海蛋儿开始往盆子里打水，清洗海货。

大涛吩咐："董海杰，八爪鱼和赤甲红蒸着吃，青皮鱼烤着吃。"

二壮揶揄说："大涛牛了啊！开始支使董海杰干活了？"

大涛说："我跟海蛋儿住了两天了，都是他主动干活，不信你问海蛋儿！”

海蛋儿低沉地说：“是大涛在帮我，过几天他也要去外地了。”

二壮爽快地说：“我真想在村里住几天，也跟你们下海！”

大涛讥笑道：“你可拉倒吧，你敢扎猛子吗？没腰深的水，两腿直哆嗦。你抠过一只海螺吗？”

海蛋儿感到大涛的话触到二壮的短处，忙打断他：“二壮是陪咱俩玩两天，等他到国外了，我们不知道什么时候才能见面。”

二壮不屑地说：“地球村，我说回来就回来了！”

三个人围坐在烤炉前烤肉，大锅里的八爪鱼和赤甲红都蒸好了。海蛋儿用刀把八爪鱼剁成小段，把滚圆的鱼肚子剖开切好放到盘子里，上面刷上一层辣酱。把通红的赤甲红摆到盘子里，掰开盖子，鲜香四溢。

少年的他们在一起就是嬉闹着，快活着。可这会儿海蛋儿却显得很沉闷，大涛和二壮将要远走他乡了，这是他们从小到大第一次真正的分别。他们都长大了，各奔东西就在眼前。过去总听大人说，天下没有不散的筵席。转眼间，他体会到即将离散的滋味了。

“董海杰，你怎么闷闷不乐？还想那几个地笼网的事吗？几个破网算啥？”大涛看到海蛋儿眉头紧锁，以为他还在想地笼网被扣的事。

海蛋儿说:“我才不想那个事，没有网了就专门抠海螺，抓赤甲红，比鲇鱼值钱！”

二壮说:“地笼网丢了？那玩意儿不值个钱，没啥心疼的。”

大涛低落地说:“是不值几个钱，可我和海蛋儿窝囊！”

二壮一怔:“有人敢欺负咱哥们儿？”

海蛋儿解释:“不是欺负，是我和大涛不知情，到人家承包的河口下网了。”

二壮听完大涛讲完事情的经过，啪的一声把手里的东西摔到地上，恼怒地说:“这不是欺负人吗？明天我们去浮渡河入海口找他们要网！”

二壮的爸爸在这一带很有名望，二壮谁谁都不放在眼里。海蛋儿不知道扣渔网的两个人的大哥是谁。为几个不值多少钱的地笼网去找他们要，还要惊动二壮爸爸，他觉得这个事情有点儿弄大了。

“别浪费时间了！我和大涛不用地笼网，以后爷爷也不能用了，几个破网给他们算了！”海蛋儿不愿纠结这个事，他看着烤炉上哧哧冒水沫的海螺出神，每天都能抠满鱼篓就知足了。

二壮知道海蛋儿胆子小，尤其上了初中以后，海蛋儿很少跟他们结伙出去玩了。那时候他和大涛的个头都没有海蛋儿高，遇到别人欺负他俩，他们还要找海蛋儿出面壮胆。海蛋儿不动手打架，不张口骂人，但他的气场就像一个“江湖老大”，只要站在他们面前，欺负他俩的那伙人就不敢再嚣张了。现在他们都长大了，靠个头是吓唬不了人的。这个道理二壮比他们懂，见过的世面也比他们多。

他们没再提这事，二壮不吱声了，在说笑中似乎把这段小插曲忘掉了。吃完过了一会儿，二壮走出院子，掏出手机联系司机，压低声音说：“耿叔，明天早晨早点儿来接我，你开车来接我，带点儿钱，我要办点儿急事！”

耿叔问：“什么事这么急？需要报警吗？”

二壮气愤地说：“有人把我哥们儿的地笼网给扣了，说是他们承包了浮渡河入海口那片水域。我想明天去找他们把网要回来！我好哥们儿开学上高中了，想暑假里弄点儿海货挣几个钱，可他们太不地道了！这么大的海面都是他们的了？我听了就来气！耿叔，你说这事怎么办？”

耿叔嘿嘿笑道：“这点儿小事必须帮你的同学办好。我一定早点儿过去，谁也不需要，我去一趟找他们谈谈就可以了。”

第十一章

他们烧烤到半夜，最后，三个人以饮料代酒举杯干杯。二壮没有把明天去帮助海蛋儿要渔网的话说出来，他担心海蛋儿怕惹事阻止他。

吃着吃着，海蛋儿突然站起来搂着他俩一起哼唱起来：

都是勇敢的，
你额头的伤口，你的不同，你犯的错。
都不必隐藏，
你破旧的玩偶，你的面具，你的自我。
他们说要带着光驯服每一头怪兽，
他们说要缝好你的伤，没有人爱小丑……

第二天早晨，海蛋儿醒了，大涛和二壮还在呼呼大睡。海蛋儿把院子收拾好，开始做早饭。

海蛋儿从菜地里拔了两根大葱，洗净切成葱段；把昨晚剩的牛肉改刀成小片，正好是一盘；又把剩下的几个海螺肉抠出来，切碎备用；把厨房铁锅刷干净，锅灶添把柴火点燃，放入豆油烧热爆锅，把牛肉片放进锅里，用铲子快速翻炒几下，然后把一部分葱段放到锅里再翻炒两下，一盘香气扑鼻的葱炒牛肉就出锅了；把剩下的葱段切成末，用海螺肉丁和葱末炸了一碗海螺酱；最后煮挂面，煮好后捞到盆里，端到井台用凉水浸泡，一盆过水捞面就做好了。

海蛋儿喊他俩。二壮醒了，瞪着眼睛望房梁，海蛋儿进来，二壮起身伸着懒腰说："我家搬走两年多了，我头一回在村里过夜。听着轻轻的海浪声入睡，这种宁静在市里是享受不到的。"

大涛忽地坐起来，扭头看着二壮说："村里好，让你妈把家搬回来吧！"

海蛋儿冲大涛说："别抬杠了！面条和卤做好了，洗洗吃饭。大涛，今天还是划你家的舢板船下海，二壮跟我们玩一天！"

二壮穿上衣服说："我今天不跟你们下海玩了，一会儿司机来接我，你俩陪我去办点儿事，办完我就回城，我妈让我后天飞上海，休息两天就飞伦敦了。"

他们沉闷地吃着饭。二壮知道自己要离开了，他们心里不高兴，于是笑着找话说：“海蛋儿的厨艺可以评级了啊！牛肉炒得也这么嫩，海鲜卤做得比我妈还好吃！大涛，你说好吃不？”

大涛“嗯”了一声，没说话。

海蛋儿抬眼看着二壮，低沉地说：“你们俩都要走了，不知道什么时候我们还能相聚。”

二壮嘿嘿一笑：“小小地球村，天涯咫尺，每年都能见面！”

二壮打开双肩包，拿出两个鞋盒，说：“我妈在北京给你俩买的运动鞋，我妈说，祝贺董海杰同学考入一高，奖励现金两千元！”

海蛋儿打开鞋盒，鞋子上面还有一个红纸包。海蛋儿眼睛濡湿了，他对母爱是陌生的，而这一时刻他感受到了。

“谢谢赵姨，我小时候就得到阿姨照顾！”海蛋儿哽咽地说。

大涛把鞋子穿上，异常兴奋：“二壮，我看你穿这牌子的鞋都羡慕死了！赵姨真好！”

院外响起一声汽车鸣笛，二壮说：“车来了，你俩不是要下海抠海螺吗？把鱼篓带上，我送你们去海边。”

海蛋儿郁闷地说：“你走吧，送到哪儿都是分别！”

二壮爽朗地笑了：“我们多待一会儿是一会儿，陪我去办点儿事，你们俩就不用再回来取鱼篓了。别耽误时间了，拿好上车！”

他们上车，二壮对司机说：“耿叔，去浮渡河入海口！”

海蛋儿一听去入海口，立刻明白二壮要办什么事了。昨晚二壮没再提地笼网被扣的事，是担心他阻止。海蛋儿伸手拉了下坐在副驾驶的二壮的肩头：“那几个破网不要了，把我们送到海边，你就走吧。”

二壮轻蔑地哼一声，说：“不是几个破网的事，欺负到我们头上，我不能让他们！对吧，耿叔？”

耿叔嘴角一撇：“那是，也不睁开眼睛看看，谁都好欺负吗？”

大涛显得异常兴奋：“二壮，那两个小子太猖狂了，让我和董海杰在入海口抠海螺，不管抠上来多少都要分给他俩一半。这不欺负人嘛！”

到了浮渡河大桥，顺路下到桥下，沿着河堤大坝向入海口开去。车停下，大涛惊呼：“地笼网都堆放在下面，怎么不见了？”

海蛋儿看到平静的水面漂浮着圆圆的白色网漂，说：“他们把网下到河里了！”

空旷的入海口没有船只，不见人影。二壮说：“大涛，你下水把网都收上来。耿叔把你送回村，你把三轮车开来，把网拉走。我跟海蛋儿在这儿等你。”

海蛋儿有点儿担心："这样好吗？他们反咬一口说我们偷网怎么办？"

大涛讥讽地说："董海杰，你的胆子怎么变得像耗子胆似的，这渔网本来就是你的！我下去都给拽上来！"

大涛迅速脱下T恤衫和短裤，扑通跳入水里，游到河水中间，拉起网漂往岸上游。海蛋儿在岸上拽网，这些网没有用绳子穿在一起，是随意扔到水里的。网里也没有诱饵，上岸的网里几乎是空的。大涛把地笼网都拽到岸边，海蛋儿逐个把渔网里的杂物倒出来，有几个网里进来几条小鲇鱼。海蛋儿数了一下，他拿来三十个地笼网，少了五个网。难道是网上的水漂坏了，地笼网沉到了水下？大涛要潜水去找，海蛋儿说不要了。

二壮看着拖上来的地笼网，便说："大涛，把网抖搂干净，装车的后备厢里几个拉走，三轮车一趟装不下。"

耿叔立刻阻止："二壮，湿漉漉的渔网放到车上能行吗？这入海口的水也是海水，腐蚀车啊！"

二壮淡然一笑："没事，回家去洗车场洗洗就干净了！"

海蛋儿忙说："二壮，三轮车能拉下！"

大涛却说："三轮车来时装得太高了，下桥时差点儿翻车。"

耿叔把汽车后备厢打开，大涛拎着两个整理好的地笼网，往车后备厢里摆放。入海口处传来马达声，一艘快艇正向河道驶来。

大涛喊："他们来了！"

那艘快艇靠岸，还没有停稳，从上面跳下两个人，急匆匆地上坝。

"就是他们俩！"大涛悄声地对二壮说。

两个人走到坝上，看到一辆车停在旁边，后备厢打开，里面摆放着几个地笼网。矮胖子讥讽道："开车跑这儿来偷渔网也不值啊！"

二壮斜着眼睛看这两个穿着花衬衣敞着怀的人，胸前挂着大金链子，摇头晃脑不可一世的样子。

"你说话讲究点儿，谁是来偷网的？你们霸占我朋友的渔网，现在我要拉回去，你们躲开！"二壮瞪起眼睛看着他们。

矮胖子微微一愣，这个小孩够狂的！一脸稚气，穿一身名牌。更猖狂的是一辆价值百万的车，要拉几个渔网。

"你谁啊？跑这儿撒野来了？他们擅自到我大哥承包的地儿来捕鱼，我不没收他们的网，我就是失职！"矮胖子晃动着肩膀说。

耿叔摘下墨镜问："你大哥是谁？"

细脖子抢话："我大哥是寿金山，怎么，你还能认识？"

耿叔轻蔑一笑："是老猫啊，你给他打电话，告诉他杨青山的二公子要在入海口打鱼，让他安排一条船过来！"

细脖子惊愕地看着二壮，露出谄笑：“我认识青山大哥，他是我大哥的好哥们儿。青山大哥的二公子，咳，我们哪认识啊？我这快艇你们开着玩吧！”

二壮问海蛋儿：“你用快艇下海吗？用就开走，玩够了送回来。”

海蛋儿看到两个嚣张的人听到二壮爸爸的名字立刻换了一副嘴脸，他悬着的心才放下来。

“不用快艇，把网给我，我和大涛去别的地方下网。”海蛋儿说。

耿叔问海蛋儿：“这里不是有鱼吗？有鱼就在这儿下网，这俩老弟不会阻止了吧？”

矮胖子点头哈腰：“大哥，青山大哥二公子的朋友，随便下网，到前面河口抠海螺都可以！”

大涛说：“没有鱼饵，不下网了，我和海蛋儿去河口抠海螺，你们还要对半分吗？”

细脖子龇牙一笑：“你俩随便抠，抠出一火车都拉走，我们一个不要！”

第十二章

二壮上车走了，海蛋儿目送汽车在桥上渐渐消失。大涛低下头，默不作声地背起鱼篓往海边走。海蛋儿拎起鱼篓跟在后面。

那两个嚣张的人，驾驶快艇离开河岸向入海口驶去。海蛋儿和大涛下海抠海螺。半上午时分，海水有些凉。海蛋儿一个猛子扎下去，只抠到几个海螺。他憋气到了极限，迅速钻出水面。

大涛早钻出水面了，看到海蛋儿露头便大声喊：“往里面游吧，这里没有货！”

海蛋儿望望远处，昨天乘快艇到的里面，感觉距离岸边很远。现在要是游过去，反复沉到水下抠海螺，把鱼篓装满了，再拖着鱼篓游回岸上，他们体力不支是很危险的。

附近没有渔船，也没有游人，喊破嗓子也没有人来救。

“没有船，不能去那么远，在这儿抠吧，抠多少算多少。”

海蛋儿说完，扎进水里，大涛也跟着沉到水下。

海水正在涨潮，一阵阵涌进河口，形成河水倒流现象。海蛋儿在水下已经感到一股潮汐的力量推着他向河口处涌去。大涛从远处的水面钻出来，换了一口气还要潜下去，海蛋儿喊他：“大涛，上岸！”

他们游上岸，鱼篓里有不多的海螺。大涛的海螺比海蛋儿多点，都是小芽海螺。大涛看着海面说：“奇怪啊，昨天还能抠到大芽海螺，今天怎么连小芽海螺都难抠到。”

海蛋儿抬眼望了下天空，太阳悬在头上，刺得眼睛睁不开：“潮起潮落，上一波涌到这里，下一波就不知道涌到哪里去了。中午了，你回家把三轮车开来，把网拉回家，吃完午饭再说。”

大涛穿好衣服回村开车。海蛋儿把鱼篓里的海螺折到一起，拿着空鱼篓到河口处下水了。他几次潜水，抠了几个小芽海螺，感到没有力气了，才爬上岸。

大涛开车把地笼网一溜烟拉回家。大涛卸车，海蛋儿烧开水泡面。吃完泡面，大涛把二壮给他的运动鞋拿出来欣赏，海蛋儿也拿起自己的鞋子端详起来。大涛把拖鞋甩掉，要把新鞋往脚上穿。海蛋儿冲他喊：“大涛，你脚上有泥，去井台洗干净了再穿！”

大涛看下了脚，后脚跟沾满泥巴。他到井台冲洗干净，把新鞋穿上，腾腾地蹦了两下:“真舒服！你也穿上试一试，二壮妈妈真好！”

海蛋儿没有穿。二壮妈妈给他和大涛买鞋，又给他两千元，海蛋儿把鞋紧紧地贴在胸口，心里一阵激动。他不知道怎么报答二壮妈妈，二壮出国了，二壮妈妈还住在城里。他忽然有一个想法，把抠到的大芽海螺送给二壮妈妈吃。他把这个想法告诉大涛，大涛兴奋地说:“对啊，咱俩要答谢赵姨啊！”

大涛二叔家的舢板船让游客租走钓鱼去了。没有小船，他们到不了远处。大涛一拍脑门，有办法了！他回家找了两条汽车内胎。把内胎充满气，坐在上面就是一个小气垫艇。遇到大风浪的时候，抱住内胎就是个救生圈。

他们来到入海口，潮水已经涨上来了。大涛把救生圈从车斗里拿下来，扔给海蛋儿一个。救生圈拴住一条几米长的细绳，绳子另一头绑在腰间。他们沉到海底，救生圈不能漂走，他们钻出水面的时候，一把就能抱住它。

他俩坐在救生圈上，两条腿搭在救生圈外面，腰部靠在救生圈内，两只手臂划水，可救生圈原地打转转，就是不往里面走。

“海浪大，两只手划不动！”大涛冲着海蛋儿喊。

海蛋儿翻身下来，伸出一只手臂搂住救生圈，两脚不停地踩水，一只手臂奋力划水。大涛也翻到水下，抱住救生圈游泳。他俩游到离岸很远的水域。海蛋儿换了一口气，一头扎进水下。

海蛋儿的防水镜忘在家里。他紧闭双眼，往下面沉。海水涌动，有股力量在托着他往上浮动。海蛋儿用力往下沉，感觉上浮的力量在拉着他。这是绑在腰间的绳子短了，救生圈在水面漂浮，拽得他无法下潜。海蛋儿想要解开腰上的细绳，但他知道绳子解开后，救生圈不一定会漂到哪儿。他和大涛游到深水域，没有救生圈，他们拖着满鱼篓海螺，很难有力气回到岸上。海蛋儿想，宁可放弃抠海螺也不能冒险。

海蛋儿钻出水面，看到大涛的救生圈随着浪涌漂走了。看来大涛已经把绳子解开了，他一会儿就能浮出来。海蛋儿抱着救生圈在附近漂动，眼睛盯着水面。大涛憋气时间不会太长，很快就会钻出水面。

大涛忽地从水里冒出来，深深地喘了一口气。看到海蛋儿搂着救生圈漂浮在不远处，他自己的救生圈漂了很远，已经无法追回来了。

海蛋儿迅速向大涛游过来。大涛抓住海蛋儿的救生圈说："拴着绳子潜不到水下，我就把绳子解开了。"

海蛋儿喘着粗气说："没有救生圈，咱俩支撑不了多长时间，不能冒险，快上岸！”

大涛把鱼篓从水下拎上来，放到救生圈上面：“我只抠到四五个海螺，这地方好像不是我们坐快艇来的地方，没有多少货。”

他俩扶住救生圈，游到岸边。虽然潜入水下时间不长，但海蛋儿却感到很疲惫。看一眼大涛鱼篓里的几个海螺，失望地说：“给二壮家送大芽海螺的事做不成了，明天去港口防波堤钓鱼，听说那里有鲈鱼和海黄鱼。”

大涛说：“钓鱼多慢啊，咱俩去村后老崖头看看，那里能抠到海参。抠出几斤野生海参送给二壮家多有面子啊！”

海蛋儿和大涛来到村后的老崖头，几丈高的石崖在大自然的鬼斧神工下，光滑得像面镜子似的。汹涌的海浪不住地拍打着崖壁，浪花四处飞溅。爷爷说他年轻时来这里抠过海参，那时村子里没有几个人敢从崖头跳下去。海蛋儿想起爷爷的嘱咐，爷爷不让他到老崖头下海。

站在崖头上，海蛋儿看到在海浪低缓的时候，一块形状怪异的大礁石露出来。这就是爷爷说的海马石。大浪扑过来，一个漩涡在海马石旁边打转。

海蛋儿拉着大涛的手往下走：“爷爷说这里不能下水！”

大涛说：“那边有钓鱼的，去看看，要是鱼多，咱俩晚上来钓！”

在岸边的平坦处，十几个人排成一溜坐在小凳子上甩着鱼竿垂钓。他们钓上来的大多是小鲈渣子鱼和海鲇鱼。他俩观察一会儿，海蛋儿觉得钓上来的鱼太小了，不能送给二壮家。

一个老者坐在折叠椅子上，专注地盯着水面上的鱼漂，忽然一抬鱼竿，一条半尺长的鲈鱼活蹦乱跳地被拎出水面。老爷爷从鱼钩子上摘下来鱼，放进身边的鱼篓里。

海蛋儿蹲下身，羡慕地说："爷爷，您钓的这条鱼真大！"

老者笑眯眯地看着海蛋儿："这不算大鱼！防波堤上能钓到大鱼。在这儿钓鱼的人都是来玩的，钓到了自己留着吃，也不是为了卖钱。想卖钱的，花几个船费到里面去钓，一晚上能挣个三头二百的！"

海蛋儿来了兴趣，问老爷爷怎么能钓到大鱼。老爷爷说，海港有装卸粮食的大船，散落的零星玉米小麦漂到防波堤水面上，成群的鱼过来觅食。不少人租船去那里钓鱼，白天不敢去钓，港口保安开着快艇驱赶，只能晚上偷摸去。

海蛋儿跟大涛对视一眼，两人嘴角露出惬意的笑。一个人一晚上能挣三头二百的，他俩加起来就能挣五六百元。他们小时候就玩钓鱼，知道用什么鱼饵鱼最爱咬钩。

"爷爷，他们去防波堤的船晚上几点出发？在哪儿上船？"大涛蹲下身，帮助往鱼钩上挂鱼饵。

看到大涛熟练的手法，老者诧异地看着大涛："你玩过海钓？但船主不能让你俩上船啊！”

“为什么？”海蛋儿问。

老者瞧瞧海蛋儿，又看看大涛，笑眯眯地说：“一看你俩就是小毛孩子，哪个船老大也不会让你俩上船的。”

海蛋儿急了：“我们不是小毛孩子，我们钓过鱼！”

老者站起身，摇晃着手里的长长鱼竿，猛地一甩，挂着鱼饵的鱼钩落入远处的水里，鱼漂在涌动的波浪中漂浮。

老者拿起大大的茶杯咕嘟咕嘟喝了两大口，一抹嘴看着海蛋儿说：“长得挺高，可那娃娃脸是瞒不过大人眼睛的。愿意玩就来这儿钓鱼，傍晚那阵子鱼最爱咬钩了，也能钓个几斤的。”

海蛋儿祈求说：“爷爷，我们钓鱼不是玩！请您告诉我，去防波堤的船在哪儿出发？”

老者回头瞧一眼海蛋儿，点点头：“小子有点儿正事！南边的兔牙礁，天黑就发船了！”

海蛋儿和大涛高兴地走了，大涛的手机忽然响起。大涛看看手机：“我爸的电话，是不是让我过去？”

“你快接电话啊！”海蛋儿充满担心地说。

大涛父亲在电话里说，工程活包下来了，让他明天启程去太原。

第十三章

大涛要晚上陪海蛋儿去防波堤钓鱼，海蛋儿不同意。虽然海蛋儿和大涛都没有坐船去港口的防波堤钓过鱼，但他想到坐船进去，就由不得自己想什么时候上岸就上岸了。大涛明天一早就要到城里坐火车到省城，然后换车去太原，稍有耽误就会影响一天的行程。大涛说没事，渔船怕港口保安巡逻，他们早早就能上岸。海蛋儿说船在海上就像车在路上，晚点的因素太多了。风疾浪大，小渔船说不定就漂到哪儿上岸了。海蛋儿要为大涛饯行，取消当晚出海钓鱼的计划。

海蛋儿和大涛来到镇上买了一些吃的，回到家里天色已暗下来。大涛把海蛋儿送院子里，海蛋儿拿下东西，大涛掉转车头扔下一句，回家告诉妈妈一声，明早就走了。

海蛋儿进门就忙活，淘米做饭，做了四个菜。他把桌子放到院里，菜都摆好，大涛还没有回来。

晚风清爽，温馨惬意。海蛋儿却感到烦躁，一股失落感袭上心头。他和大涛要分开了，两个最好的朋友都各奔东西，不知道他们什么时候能再见。

远处闪过一道灯光，发动机的突突声由远及近传过来。灯光闪进院子里，三轮车呼地冲进来，吱嘎一声停住。大涛跳下车，兴奋地说："海蛋儿，你猜我回家看到了什么？绝对是个开心的事！"

大涛坐到桌前，摆好碗筷，瞪眼看着海蛋儿问："你咋啥反应都没有？"

海蛋儿淡然地说："除非你不走了，其他都不是开心的事！"

大涛无奈地耸耸肩："我想不走啊，可有啥办法？我现在说的事，你一定高兴！你要送二壮家的大鱼有了！"

海蛋儿轻蔑地说："鱼在哪儿？从海里飞出来的？"

大涛神秘地说："我回家看到渔码头停靠一艘大船，正往下卸海货。不是咱村的船，是鲁字号的船。他们卸下不少海货，都装在大筐里。可能都卖出去了，等着车来拉货。"

海蛋儿讥讽地一笑："人家捕捞的海货，你跟着兴奋啥？他们能给你几条鱼吗？"

"你还别说，我真能弄两条大鱼，送给二壮家肯定能拿出手！”

“船老大也不认识你，为什么给你鱼？”

大涛嬉笑着说：“至于为什么，你就别问了，反正我有办法！”

海蛋儿觉得大涛的话不对劲，他的办法可能是趁着夜色去码头偷鱼。他们小时候曾经摸黑去晾晒场偷虾米吃，被人发现后追到家里，爷爷还踢了他两脚，让他去承认错误，向人家赔礼道歉。

“大涛，我们不能张嘴跟人家要。更不能动歪心思去不劳而获！”

大涛不耐烦地一挥手：“我哪有什么歪主意！好了，不提这个事，咱俩继续吃喝。”

他们明早就要分开了，可是却没有更多的话。海蛋儿沉默了一会儿说：“我困了，去睡觉！”说完问大涛早晨几点走，好起来做早饭。大涛说不用，回家吃一口去镇上坐早班车到县城。

午夜，海风凉爽，蚊子嗡嗡地在耳边飞来飞去，时不时地叮咬在身上。大涛快速拍打，倒霉的蚊子黏糊糊地粘在手掌上。他喊一声西屋睡觉的海蛋儿，没有答应。海蛋儿睡着了，他却没有一点儿睡意，回家时看到码头停靠的渔船卸下那么多鱼，他眼红了，要是能弄到两条大鱼，海蛋儿就可以送到二壮家了。

大涛想喊醒海蛋儿一起去，可转念一想，不能让他知道。含蓄地说是“弄”，直白地说是偷。海蛋儿不让他动歪主意，肯定要阻止他的。大涛下炕，悄悄走出屋，摸到西屋门口，听到海蛋儿轻微的鼾声。大涛走到院里，不敢启动三轮车。他松开手刹，把三轮车推到大门外才启动。

大涛驾驶三轮车沿着海边土路往村西码头奔去，远远看到一艘大船的模糊轮廓矗立岸边。他便把车灯关闭，从车上蹦下来，把车推到路边。

大涛弯着腰，慢慢向大船摸去。他接近船前，趴在沙滩上，观察船上的动静。船头驾驶舱里闪着昏暗的灯光，高大的船体在海浪的阵阵簇拥下轻轻地摇晃。船上没有人员走动，也没有声响。

大涛接近船下，十几个大柳条筐装满鲜鱼，弥漫着一股腥味。大涛蹲在大筐前，伸手往筐里摸，黏糊糊的，是一筐小鱼。大涛挨个筐摸，七八个筐里都是些小鱼。凭他的手感是鲐鲅鱼，这种鱼太普通了，送人拿不出手。他知道渔船下网不可能只打上来一种鱼，也许有值钱的鱼。大涛摸到最后一个鱼筐，一条很宽、书本厚的大鱼压在上面。他惊喜得差点儿喊出声来，大踏板鱼！

大涛摸到鱼头，鱼嘴上拴着尼龙绳。大涛抓住绳子，刚要拎出来，船舱里走出一个人打电话。大涛迅速趴到大柳条筐旁边。

“老板，人都在船上躺着呢，车来了就下去装货……两条大踏板鱼都准备好了，大的七八斤，小的也有四五斤，绝对新鲜！”

船上的人声音很大，大涛听得清清楚楚。他心里一阵紧张，这可是附近海域难以见到的名贵鱼种。这两条鱼送给二壮家，海蛋儿绝对有面子！

船上突然亮起一道手电光，照射到下面的鱼筐。雪白的光线如同探照灯扫射一遍，大涛蜷缩在鱼筐旁边，屏住呼吸不敢动弹。那人把手电光停留在大涛旁边的大筐上，十几秒后手电光才消失。大涛微微探出脑袋，瞧瞧船上，那人没了踪影。

大涛重重地喘了口气，伸手抓住细绳，拎起两条大踏板鱼就跑。松软的沙滩跑起来像踩在棉花垛上，两条腿用不上力气。他们小时候在沙滩上耍闹，跑起来没有这么费力气呀。大涛跑到三轮车前，累得满头大汗，气喘吁吁。回头望一眼，远处的大船没有灯光，也没有声音。

大涛快到海蛋儿家大院的时候，把三轮车熄火，推着走进院里，把车斗里的两条踏板鱼拎下来，悄悄来到井台，把两条鱼放到盆子里，然后蹑手蹑脚地回屋里睡觉。

天蒙蒙亮，大涛醒了。他急忙下炕来到西屋，海蛋儿还在睡。大涛犹豫一会儿，没有喊醒他，悄然来到院子里，瞧眼盆子里的两条大鱼，沾满白色黏液，一看就是新鲜货。

大涛咧嘴一笑，推着三轮车走出院子。

海蛋儿睁开眼睛，麻利地来到东屋。大涛走了，海蛋儿的失落感油然而生。昨晚大涛说了要早点儿走，没想到走得这么早。海蛋儿坐在外屋门槛上，呆呆地望着天空。朝霞透过院门前高大的杨树照进院子，几只喜鹊在树枝上叽叽喳喳地叫。海蛋儿一时迷茫，不知道做什么，想回屋继续睡觉。

海蛋儿站起身，看到堆在仓房窗下的地笼网，来了一股劲头，自己有的是事可做。白天下地笼网、抠海螺、挖蚬子，晚上去防波堤钓鱼，这些活一个人都可以干！海蛋儿轻松地一挥拳，自语道："从今天起，做饭、下网、钓鱼，面朝大海，春暖花开！"

海蛋儿端着盆子到井台淘米，猛然愣住。井台的盆子里有两条大鱼，而且是少见的大踏板鱼。大涛昨晚对他说过去船老大那儿弄两条鱼。海蛋儿的爷爷过去是船老大，要是捕到大踏板鱼，鱼贩子出大价钱才能买到手。船老大不可能把这么好的鱼送给素不相识的人。难道大涛兜里有钱，买下这两条鱼？还是他说的"弄"，是趁夜色鬼鬼祟祟地拎回来的？

海蛋儿把鱼放到盆里走出院子，他要去码头问一下船老大，如果是大涛花钱买的，他要退回去；如果是大涛偷摸弄来的，就把鱼还给船老大。海蛋儿走到村西头，看到一辆警车闪烁着警灯停在码头上，几个人站在旁边，看着警察在大船附近的沙滩上查看脚印。

海蛋儿不敢往前走了，心里一阵紧张。他明白这两条踏板鱼的来历了！

海蛋儿恐慌起来，把鱼送回去，肯定把大涛暴露了，把鱼藏匿下来，是错上加错。海蛋儿犹豫片刻，决定把鱼送回去，不管警察罚多少钱，他都承担，不能把大涛供出去。海蛋儿迅速回家直奔井台，从水盆里拎起两条大鱼立刻去码头。

船老大看到一个少年拎着鱼走过来，对警察说："就是这两条踏板鱼，看到你们来破案，他害怕了！"

警察审视海蛋儿，问："船上的鱼怎么在你手里？"

另一名警察对着海蛋儿咔嚓咔嚓地拍照。照完相，他们把海蛋儿带到派出所。

"老实坦白，什么时间偷的鱼？"警察严厉地问。

海蛋儿坐在椅子上，两腿微微抖动，额头冒出细汗。他低下头，不知道怎么回答警察的问话。警察这么严肃，他知道问题很严重。供出大涛，大涛就要被抓回来，他爸辛苦揽到的活会受到影响。可如果承认是自己偷的，警察能不能通知学校？

警察目光犀利地看着海蛋儿："你还是个学生吧？"

海蛋儿点头。

警察继续说："你能主动把赃物送回来，这很好。说说事情的经过吧。"

海蛋儿不想撒谎，又不想供出大涛。大涛偷鱼，也是为了他俩报恩，把鱼送给二壮家。海蛋儿处于两难境地，只好继续沉默。

门开了，进来一名女警察，看到海蛋儿怔住，问审讯的警察："犯什么事了？"

审讯的警察说："郭所长，这小子到村渔码头偷了两条大踏板鱼，又主动送回来了，问了半天就是不说话。"

郭所长凝视着海蛋儿，说："小伙子，你抬起头！"

海蛋儿胆怯地抬起头看着郭所长，心里异常惊惧。他认出她就是前天来派出所送"小耗子"时，接待他和大涛的警察阿姨。

郭所长微笑着说："你不是前天送婴儿那个小伙子吗？做好事没几天，怎么又干违法的事了？"

海蛋儿低下头，不敢看郭所长。郭所长接了一杯水，递给海蛋儿，和蔼地说："你还是学生，做错了事不怕，但要说实话，吸取教训，对你以后成长是有好处的。"

海蛋儿沉默了片刻，低声说："阿姨，不是我干的，是跟我来这儿送'小耗子'的大涛干的。"

海蛋儿如实说清楚事情的经过。郭所长问："小高，那两条踏板鱼能有几斤，市场卖多少钱一斤？"

高警官皱下眉头想了一下说:“我拎了一下，两条鱼有五六斤重。船老大报案说，大踏板鱼市场价格六十元一斤。”

郭所长说:“两条鱼，按市场价值三百多元。大涛盗窃行为是初犯，我看教育处理吧。董海杰同学，你的好朋友大涛要是过年过节回来了，让他到派出所来一趟，我们对他进行训诫，记住了吗？”

海蛋儿痛快地回答:“记住了！”

海蛋儿走出门的时候，问:“阿姨，‘小耗子’找到妈妈了吗？”

郭所长微笑着说:“你是问那个婴儿？我们把她送到市民政局的收养院了，那里有好多妈妈照顾她！”

第十四章

海蛋儿开始做准备，跟船去防波堤钓鱼。他把爷爷给他做的鱼竿找出来，这简易鱼竿有两米多长。好几年不用，鱼钩都脱落了。他到爷爷的工具箱里找到一包鱼钩，里面大小鱼钩都有，可全是锈迹斑斑。海蛋儿挑了三个大号鱼钩，拴在渔线上。他试着甩开渔线，鱼钩抛了很远。他扛着铁锹到海边挖蚯蚓。海蚯蚓生存在泥沙地，找准地方一锹下去，就能挖到十几根细长柔软的红色海蚯蚓。海蛋儿跟爷爷挖过海蚯蚓，知道哪儿深埋着这种鱼最喜欢的饵料。海蛋儿沿着海边走了一会儿，找到有泥沙的地方开始用锹挖蚯蚓。海蛋儿挖了两锹，有几根蚯蚓翻上来，海蛋儿捡起来放进矿泉水瓶子里。挖了好一会儿，海蛋儿满头大汗，抓了多半瓶蚯蚓。

海蛋儿回家烀了四棒苞米，啃了两棒，剩下两棒装进双肩包里。他到菜地摘了两根黄瓜，顺手又摘下半红半青的西红柿。海蛋儿手里拎着鱼竿，背上双肩包兴奋地向村子后面的兔牙礁走。兔牙礁正好在村子和老崖头中间的位置。那艘渡船停靠在兔牙礁旁边。

太阳沉入海平线，天色逐渐暗淡，海蛋儿快步跑起来，一溜小跑到兔牙礁，看到一艘渔船靠在岸边。

岸边坐着一个三十多岁的男人，戴着鸭舌帽，身边放着一个苹果箱大小的冷藏箱，箱子上面是一个鱼竿包。

“大哥，船老大在吗？”海蛋儿喘着粗气问。

那人抬头疑惑地看着海蛋儿：“你找船老大干吗？去钓鱼？”

海蛋儿蹲到那人身边，拘谨地笑了笑：“我也跟船去防波堤钓鱼，大哥，你领着我上船吧，我……我给你买烟抽。”

那人把半截烟头弹走，讥笑地说：“你小子，还挺会来事！手里的是鱼竿吗？我看像赶鸭子用的啊！”

海蛋儿认真地说：“是我爷爷给我做的钓鱼竿，我念六年级的时候就不钓鱼了，今天我重新拴了三个大鱼钩！”

那人站起身背起箱子，拿着鱼竿包说：“你是个学生吧？一听就是黄嘴丫子没褪净。你赶紧回家吧，去防波堤钓鱼可不是闹着玩，爱玩白天在岸上钓着玩。”

海蛋儿急了：“大哥，我不是钓着玩，我是要挣钱的！”

那人问："你小子不好好上学，你父母不管你吗？"

海蛋儿低下头，喃喃地说："暑假没事干，想赶海挣点儿钱。"

那人瞪起眼睛，惊讶地看海蛋儿："嘿，你小子是赚学费钱！你是哪个村的？"

海蛋儿充满伤感地说："前面仙人岛村的。我爷爷是船老大，前几天带我去太平湾打鱼，回来的时候遇到大风浪，舢板船撞到暗礁上，爷爷的小腿断了，不能领我出海了，我只好自己出来。"

那人伸手拍了下海蛋儿的肩头："好小子，有骨气！我是龙王庙村的，在镇里财政所上班，休息了就想钓鱼，我钓鱼有瘾。你就叫我亮哥吧。一会儿我跟船老大说，你是我的小兄弟，不然他不会让你上船的。你兜里有钱吗？晚上送进去，早晨接回来，一个来回五十元。你叫什么名字？"

海蛋儿兴奋地说："亮哥，我准备船费了！我叫董海杰，小名海蛋儿。"

暮色中陆续有人上船。

亮哥背起钓箱和鱼竿包准备上船，看到海蛋儿手里的鱼竿，接过来摇晃两下说："哎，老弟，这鱼竿去河边钓鲫鱼、船钉子鱼还将就，来玩崖钓？开什么玩笑……"

亮哥说完，哈哈地笑起来。

海蛋儿难过地低下头，手里的鱼竿成了废物，但他不能浪费时间，就是一条鱼都钓不上来也要去防波堤待上一夜：“亮哥，我明白了，崖钓是用大长鱼竿。我明天去镇上买，今晚我跟你去防波堤玩，你累了，我帮你钓一会儿！”

亮哥嘿嘿一笑：“跟我一样天生是钓鱼的料，一点就透！崖钓用矶钓竿，就是长竿，把鱼钩甩得远才能钓上大鱼。你这鱼竿是你爷爷哄你不哭的玩具！”

“亮哥，明天我去镇上买矶钓竿！”海蛋儿看一眼手里简陋的鱼竿，舍不得扔掉。

亮哥拍拍怀里的鱼竿包：“我这里有个备用竿借给你吧，买个便宜的矶钓竿也要十几元，稍微像点儿样的竿都要上百元。你花大钱买个好竿，上学了还能有时间钓鱼吗？扔在家里白浪费钱。”

亮哥说得在理，开学了再好的鱼竿也不能用了。亮哥让他把鱼竿扔了，海蛋儿把鱼钩摘下来，然后像掷标枪似的把竹竿抛到岸上 。

船老大坐在船头，看到亮哥领个陌生人上来：“小亮，你没打招呼就领人上来，出危险你能负起责任吗？”

“我们不都商量好了吗，谁也不准再带人上船了。人多目标大，保安撵来，跑都来不及，藏都没地儿藏！”有人埋怨地说。

“是啊，我们都把自己朋友领来，防波堤成了钓鱼场，我们都钓不成了！”有人应和道。

亮哥嘿嘿笑着说：“各位大哥，我这个小兄弟是仙人岛村的，还是个中学生。我们钓鱼是消遣玩，他钓鱼是为了赚学费。这叫勤工俭学，我们应该支持啊！”

船老大站起身来到海蛋儿面前，看不清他的脸，问：“仙人岛村谁家的？”

“老董家的。”

船老大又问：“仙人岛村有两户姓董的，你是哪家的？”

“董风山是我爷爷。”

船老大惊讶地说：“董老大的孙子啊！你爷爷前几天不是出事了吗？现在怎么样了？”

海蛋儿低声地说：“在我大姑家养伤。”

船老大惋惜地叹口气：“我年轻的时候，跟你爷爷出海打鱼，你爷爷可是响当当的船老大，什么风浪都闯过。咳，怎么能在小舢板船上出事了？这就像猎人打了一辈子雁，最后让雁啄瞎眼睛！”

“老大，小心驶得万年船，你可要把好舵啊！”有人在船头喊。

船老大吼一声：“放心吧！咱们不到一个小时的航程，随时都可以靠岸！好了，船上不说晦气的话！小子，你跟小亮到里面坐下。开船喽！”

马达声隆隆响起，渔船在漆黑的夜里快速前行。远处码头一片灯光，渔船驶向港口，岸上灯光越发明亮。海风凉爽扑面，海蛋儿只穿件 T 恤衫，禁不住打起冷战。船越走越快，船尾螺旋桨旋转的声音也越来越大，哗哗的波浪在船舷两侧涌动。

前方一个航标灯时而射出一道雪白的光线，直射海面上空。

“马上到防波堤了！”亮哥显得很兴奋，拍了下海蛋儿的肩头。

不远处有个模糊的长长的黑影子横在水面上。渔船速度减慢，缓缓地往前靠。

“把钱准备好，下船交给船老大。”亮哥一边背箱子，一边对海蛋儿说。

海蛋儿从裤兜里掏出钱，攥在手里。

船缓慢靠到防波堤岸边，船老大关闭马达，先跳下船，拽着船头绳索，拴在防波堤下面一块畸形的水泥墩子上，把一块跳板一头搭在船舷上，另一头搭在水泥墩上。

船上的十几人排队下船，每个人都把船费送到船老大手里。海蛋儿走下来，把钱递给船老大。

“嘿，小子，我要收你的钱，都没脸见你的爷爷了！”船老大嘿嘿笑着说，拉着海蛋儿，把钱拍在他手里。

“谢谢爷爷！”

船老大又喊住正要上堤的海蛋儿：“嘿，小子，你回来！”

海蛋儿跑下来，船老大把自己身上的外衣脱下来，披在海蛋儿身上，笑呵呵地说：“小子，你晚上没出来钓过鱼，不知道半夜海风凉，就穿这个像牛皮纸一样的汗衫，你要冻得缩成一团，明天就流大鼻涕了！”海蛋儿犹如听到了爷爷的笑声，感觉是爷爷把衣服披在他的身上，不禁眼含热泪，向船老大深深地鞠躬。

船老大嘱咐道：“小子，防波堤风浪大，千万别下水！他们都是老手了，你钓不到也别着急，慢慢就有经验了。”

“爷爷，我记住了！”

船老大开船走了。海蛋儿走上防波堤来到亮哥身边，亮哥正在把伸缩矶钓竿展开，往鱼钩上挂鱼饵。

“会不会打开鱼竿？”亮哥把备用竿递给海蛋儿。

海蛋儿第一次摆弄伸缩矶钓竿，细看一会儿，手柄处是粗竿，有个渔线轮。抽出竿头，一节比一节粗。抽出四节，能有五六米长。海蛋儿抽杆的时候，渔线轮转动放线。

亮哥耐心地看海蛋儿的操作。海蛋儿把渔线捋到手里，打开装海蚯蚓的瓶子，挑了一条大的海蚯蚓，掐断，分别挂在两个鱼钩上。

“你玩过矶钓竿？”亮哥看到海蛋儿抽竿放线挂鱼饵动作娴熟，像个老手。

海蛋儿憨笑说：“看你这样做，我跟着学会了。”

亮哥站起身，握住鱼竿，用力地摇晃几下，说："嘿，挺聪明的，看好了，甩钩……走！"

嗖的一声，拴着通心铅坠的渔线抛到坝下的海水里。

海蛋儿模仿亮哥拉竿、挂鱼饵和甩竿的动作，鱼竿头的渔线旋转起来，有点儿像体育课投链球的感觉，全身的爆发力在手臂上。海蛋儿快速摇晃几圈，双臂向前一倾，鱼钩上方的通心铅坠拽着渔线，把鱼钩远远地抛进水里。

"嗬，你比我甩得远啊！"亮哥惊讶地看着海蛋儿，扔过来一个帆布垫子说，"垫在屁股下坐着，石头凉。我坐冷藏箱上。"

海蛋儿把垫子放到石块上坐下，两手紧紧把住鱼竿，诧异地问："亮哥，矶钓竿的滑漂在波浪中总是摆动，就像鱼咬钩了，怎么知道到底是不是鱼咬钩了？"

亮哥神秘地一笑："这就是经验和技巧了，鱼咬钩的时候，鱼竿有感觉。有了……"

亮哥扬竿，快速摇动渔线轮。鱼钩露出水面，一条半尺长的大鱼在空中拼命挣扎。亮哥加速收竿，伸手抓住鱼。

"大鲈鱼！"亮哥兴奋地把鱼从鱼钩上摘下来，打开冷藏箱扔进去。海蛋儿惊喜地瞪大眼睛，这么大的鲈鱼，爷爷在太平湾下网偶尔才能捕到。

海蛋儿感觉手里的鱼竿抖动一下，他学着亮哥的动作扬起鱼竿，快速摇动渔线轮，可是鱼钩上什么也没有。他急忙又把鱼钩甩到海里，鱼钩沉到水里，就感觉鱼竿在抖动，滑漂在上下蹿动。海蛋儿马上又扬起鱼竿，可钩上什么都没有。

亮哥猛地扬起鱼竿，又一条大鱼钓上来了。亮哥嘻嘻地笑："小老弟，心急吃不到热豆腐！崖钓可不是在小河沟钓鱼，盯着鱼漂就可以了。"

海蛋儿换上新鱼饵，把鱼钩抛进水里，问："亮哥，我感觉鱼竿一直在动，好像鱼咬钩了，把竿抬起来却什么也没有。"

亮哥放下鱼竿来到海蛋儿身边，蹲下身，伸出一只手轻轻地扶在海蛋儿的鱼竿上："我帮你找找感觉。"

海蛋儿感觉鱼竿一直在微微抖动。亮哥不说话，静静地等待。

"动了，你有没有感觉鱼竿被往下拽？"亮哥压低声音问。

海蛋儿感觉鱼竿像被轻微地往下拽动："有啊，鱼咬钩了吧？"

"快抬竿！"

海蛋儿用力扬起鱼竿，鱼钩上挂着一条大鱼。海蛋儿兴奋地说："鱼咬钩是这种感觉啊！"

亮哥从鱼钩上摘下鱼，惊愕道："啊，大海黄鱼！我玩了两年才钓上来一条，你开竿就上来了，你小子手气真好！”

海蛋儿从亮哥手里接过海黄鱼，站起身走到亮哥的冷藏箱前，打开盖子，把鱼放进去，爽快地说：“亮哥，给你吧，我会钓了，还能钓上来！”

亮哥回到钓位，从箱子里拿出海黄鱼掂量一下：“差不多有二斤重，钓到这么大的海黄不多见。鱼贩子收也得六十元一斤，这条鱼在饭店没有二百元是上不了桌的！哥知道这鱼好吃，但不能占你便宜啊！”

第十五章

天放亮，海面起雾。薄纱似的晨雾扑在脸上湿漉漉的。一夜的苦熬，海蛋儿披着的粗布外衣都被雾气打透了。没有船老大的外衣，海蛋儿真要流大鼻涕了。

马达的轰鸣声穿透晨雾飘过来。船老大把船停靠稳当，大声吆喝：“收摊上船！”

堤上的人都收起渔具上船。他们相互亮出一夜的收获。一位大叔可能是估秤高手，逐个给估秤。他拎起亮哥的冷藏箱掂量掂量，果断地说二十八斤。亮哥收获最多，箱子快装满了。海蛋儿没有让大叔估秤，他鱼篓里的几条鱼一眼就数出来了。

海蛋儿刚上船，站在船尾的船老大喊：“小子，我看看你钓了几条鱼。”

海蛋儿来到船老大面前，打开鱼篓低落地说：“就钓了这几条鱼。”

船老大从鱼篓里拎起大黄鱼，惊讶地说：“嗬，多年没有见到这么大的黄鱼了啊！”

几个人一下子围过来，啧啧地感叹。

“这小子运气真好！”

“我拿两条鲈鱼换你一条大黄鱼，你占便宜了！”估秤大叔拎起大黄鱼掂量下，“一斤九两吧，我两条大鲈鱼有两斤半！”

船老大轻蔑地看着那人：“老蔡，这条黄鱼拿到市场上能卖多少钱，鲈鱼能卖多少钱，你心里比谁都有数！别看是个孩子就好骗！”

老蔡诡辩：“我可没骗他，这是做生意，愿者上钩！”

船老大冲着海蛋儿摆手：“小子，多少钱也不能卖！你爷爷赶了一辈子海，捕捞到好鱼舍不得自己吃，都卖了，现在再也不能下海捕鱼，拿家去给你爷爷吃个鲜吧！”

海蛋儿痛快地答应：“爷爷，我知道了！”

船到岸，海蛋儿把衣服还给船老大，在岸上等亮哥。亮哥背着沉重的冷藏箱走到岸上。

海蛋儿把收好的鱼竿交给亮哥：“亮哥，你不借给我鱼竿，我不会钓到这条海黄鱼的。这条鱼给你吧，你给我两条鲈鱼，我要送给城里的二壮家。”

亮哥想了一会儿，说：“船老大说得对，送给你爷爷吃吧，他不能下海了，吃到大孙子钓上来的海黄鱼，一定会高兴的！你说的二壮是谁？你是个学生，干吗要送礼？”

海蛋儿说：“二壮是我同学，他去国外上学了。他妈妈送我一双运动鞋，还给我钱，奖励我考上高中了。我想钓几条大鱼让他妈妈吃。”

亮哥哈哈地笑起来：“你小子真懂事，我赞成你的举动，我给你两条大鱼，肯定能拿出手，你赶快进城送去！”

亮哥在冷藏箱里挑出两条大鲈鱼，放进海蛋儿的鱼篓里。

海蛋儿难为情地说：“亮哥，我给你鱼钱吧，你熬了一夜也挺辛苦的。”

“提钱不就远了吗？我挺佩服你的，我上高中那会儿也没有你这么懂事。鱼竿你用吧，我家里还有备用竿。快去城里，时间长了鱼就不新鲜了。”亮哥把箱子绑在摩托车后座上骑车走了。

海蛋儿回到家里，把自己钓的海黄鱼和几条小杂鱼装在一个塑料袋子里，亮哥给的两条鲈鱼用纸包好，放进手提袋里，简单地吃碗泡面，换上干净的校服，穿上二壮妈妈送的新鞋，拎着装鱼的袋子到村头坐公共汽车。

岳城大街两侧的高楼越来越多，马路也越来越宽阔。海蛋儿还是小学四年级的时候，一天夜晚，爷爷出海捕捞到小白虾，要进城送给两个姑姑，让她们尝尝鲜。海蛋儿看爷爷出海累了一天，他让爷爷早早睡觉，自己骑车进城。他不常进城，夜晚走在彩灯耀眼的大街上有些发蒙，找到大姑家的时候，快到半夜了。大姑责怪爷爷，黑咕隆咚的怎能放心让你大孙子自己进城？爷爷却说，让他锻炼锻炼。

二壮家住在河畔花园小区，海蛋儿来过一回，还在他家吃的午饭。小区前面是大清河，一栋栋别墅掩映在绿树中。

海蛋儿走进小区，却记不起二壮家的位置了，一栋栋别墅几乎长得都是一个模样。别墅院门上有门牌号码，幸好海蛋儿记得二壮家是 19 号，他边走边看门牌号。

一个女生戴着遮阳帽骑单车迎面过来。海蛋儿停住想问一下 19 号别墅位置，看到是个女生就没好意思张嘴，继续往前走。女生瞥一眼海蛋儿，悠闲地蹬车前行，猛地想起了什么，忽地从车子上跳下来。她看到海蛋儿，觉得眼熟，想起来是前天在小镇马路边卖海螺的男生。

女生骑车追上去。

“你好！”那女生把车子横在海蛋儿前面，笑眯眯地看着海蛋儿。

海蛋儿怔住，怯生生地看着女生。

“真的是你啊，董海杰！你记得我吗？你来这儿干什么？”

海蛋儿惊讶地认出，是前几天在镇上遇到的那个女生：“林冬娅！”

林冬娅咯咯地笑：“你行啊，我戴帽子都能认出来！我也记得你的小名，叫海蛋儿！你是不是来找我的？不对啊，你怎么知道我家住在这里？”

海蛋儿赧然地摇摇头：“我找 19 号别墅。”

林冬娅摘下遮阳帽，挂在车把手：“算我们有点儿缘分，我领你去吧，是你家亲戚吗？”

林冬娅推着车子走，海蛋儿跟在旁边。

“是我同学家，我钓到几条大鱼，送给阿姨吃。”

林冬娅瞧眼海蛋儿，羡慕地说：“在海边生活真好，想去海边玩，抬脚就去，每天都可以坐在海滩上看夕阳西下！”

海蛋儿跟还不太熟的女生邂逅，心里有点儿小激动。他把鱼送到二壮家里，还要去大姑家看爷爷。他感觉这个女生跟他的女同学不一样，她大方爱笑。海蛋儿不敢抬头看她，她那黑亮的眼睛像湖水，看久了容易发晕。

海蛋儿低着头，不愿意跟林冬娅说话。林冬娅却显得很兴奋，看着海蛋儿手里的袋子问：“你钓的什么鱼？能不能让我看一眼？”

海蛋儿蹲下身，把袋子里的纸包拿出来打开：“这是鲈鱼。”

“啊，这么大？都是你一天钓的？”林冬娅把车子放好蹲下身。

“我钓的小，是亮哥给我的两条大的。这一袋子里的小鱼是我钓的。有一条大海黄鱼送给爷爷吃！”说到自己钓的鱼，海蛋儿的语气充满自豪。

海蛋儿把那个塑料袋打开，拎起大海黄鱼给林冬娅看。

“我们家吃过这种鱼，可好吃了。我们快把鱼送你同学家，然后去爷爷家。”林冬娅推车就走，拐到一个路口，海蛋儿认出二壮家，快步走上前，把林冬娅甩在后面。

“喂，海蛋儿，你站住！”林冬娅焦急地喊。

海蛋儿站住，回身看着林冬娅。林冬娅走到海蛋儿面前，海蛋儿脸色潮红，低声嘟囔道：“不要叫我的小名！”

林冬娅咯咯地笑着说：“跟你一起卖海螺的同学也这样叫你，我为什么不能叫你小名？”

海蛋儿果断地说：“大涛是我朋友！”

林冬娅眉头紧蹙，略有所思地说：“哦，我懂了，朋友可以，同学不可以。我们能不能成为朋友？”

“不能！”海蛋儿在镇上中学，还没跟哪个女同学说过这么多话。

林冬娅淡然一笑：“呀，你还有脾气啊！你送爷爷的鱼，我给你保管。”

海蛋儿摇晃一下手提袋：“也不重，我不累！”

“不是重不重的事！给人家送鱼，把袋子里的鱼又拿一半回来，你觉得合适吗？我觉得不妥当！”林冬娅凝视海蛋儿说。

海蛋儿低头看着手提袋，里面有两包鱼。虽然给爷爷的鱼用塑料包了一层，但能清楚地看到那条大黄鱼。而送给二壮家的鱼用纸包裹，看不到里面的鱼。海蛋儿觉得林冬娅的心很细，痛快地把塑料包的鱼拿出来交给她。

第十六章

二壮家的保姆接过纸袋，啧啧称赞：“仙人岛的海货味道鲜美，老板最爱吃了。他们今晚回来就做给他们吃！”

海蛋儿仿佛完成了一项任务，轻松地走出二壮家。看到林冬娅站在路边的树下，他小跑过去，到了林冬娅面前，忽然想起了什么，他边挠头边回头望着二壮家。

“你落东西了？”林冬娅好奇地问。

海蛋儿皱着眉头回想刚才跟保姆的对话。保姆没问送鱼的人是谁，海蛋儿也没有说自己是谁。二壮父母能知道是他送的鱼吗？

“保姆自己在家，她不认识我。我也没说是二壮同学。”

林冬娅揶揄地说：“你是做好事不留名啊！没事，家家院里都有监控，主人回来调下监控就看到你了！”

海蛋儿下意识地又回头看一眼二壮家大院，感到林冬娅知道的事情比他多。海蛋儿把林冬娅手里的袋子接到手，就往小区大门外走。林冬娅没想到海蛋儿突然做出这个举动，骑车追上去，把车子横在他面前。

“我领你找到同学家，你完成任务了，连句谢谢的话都没有吗？”林冬娅收敛笑靥，仰脸望着蓝天。

海蛋儿的额头冒出细微的汗珠：“我着急去看爷爷，忘说了。对不起！”

林冬娅嘴角上翘，落落大方地说：“我也跟你去看爷爷！”

海蛋儿怔住了，好像没有听清林冬娅的话。在爷爷和大姑面前，别说把女同学领家去，他都没提起过班级女同学的名字。今天一个女同学忽然跟他回家，他自己都接受不了。

“爷爷和大姑都不认识你，你别去了。”海蛋儿立刻拒绝。

林冬娅瞥一眼海蛋儿，爽快地说：“我们是同学啊，有什么不可以的？见了面不就认识了！”

海蛋儿脸色阴沉，垂下眼睑不敢看林冬娅，城里的女孩子这么任性，不愿意让她做的事情非要做。如果不理她转身就走，她会不会又把自行车横在他面前？不能再耽误时间了，鱼该不新鲜了。天空飘来了阴云，可能要赶上雨。

“你默许了？”林冬娅惊喜地说，“你先陪我回家，我换下衣服。”

海蛋儿的脸色立刻沉下来，有点儿厌烦这个陌生的女生了，让她浪费这么长时间。海蛋儿焦躁地说：“真麻烦！我不去，我在大门外等你！”

林冬娅把车子掉转方向，挡在海蛋儿面前，果断地说：“我十分钟就换好衣服了。要下雨了，我还要拿把伞呢。”

海蛋儿一脸无奈，跟着林冬娅来到她家。

她家的院子也很大，比二壮家的院子规整多了。二壮家的院子里就是一块小菜地，有几棵低矮的桃树。林冬娅家的院子中间是一个姹紫嫣红的花坛。大门一侧是椭圆形的水池，一块假山石竖立在水池中间。潺潺流水从假山石上缓缓而下，色彩鲜艳的鲤鱼在水池中悠闲地游来游去。

林冬娅的父母没在家。大厅宽敞明亮，大沙发围成半圈，中间是红木茶几，上面摆放着果盘。林冬娅把兜里的播放器拿出来，放到茶几上。海蛋儿拘谨地坐在沙发上，瞄一眼茶几上的播放器。在镇里上初中的时候，班级有的同学用播放器学英语，他羡慕，但从没想过去买一个。爷爷挣钱不容易，不能随便花爷爷的钱。现在他产生一个想法，暑假里一定挣出来学费和爸爸的药费，剩下的钱买一个播放器。

林冬娅笑吟吟地从楼上下来。她换下休闲运动装，穿着浅色坎袖高领衬衫，白色长裙，白地粉条运动鞋，扎着马尾辫，肩上斜挎一个小黑包。林冬娅来到大厅靠窗边的酒柜前拿出贝壳给海蛋儿看。

“董海杰，你的虎皮斑纹贝漂亮吗？”林冬娅把贝壳递给海蛋儿。

虎皮斑纹贝被擦拭得干干净净，纹络清晰，色泽鲜艳。海蛋儿没有接，纠正道：“是你的！”

“你还挺认真的啊！”

林冬娅把虎皮斑纹贝放进柜子里，拿起播放器放进包里。他们走出小区大门，林冬娅拦住一辆出租车。

海蛋儿大姑家住在城北，是城乡接合部的老旧小区，人口密集，道路狭窄，正赶上集市，出租车半天挪不走几步。海蛋儿说，离大姑家不远了，走几分钟就到了。海蛋儿说完开门下车，林冬娅付了车费跟着下车。海蛋儿看看林冬娅，难为情地说：“我忘了付车费，我给你车钱。”

海蛋儿要掏兜拿钱，林冬娅摁住他的手，莞尔一笑：“记住欠我十元钱，我需要的时候再还给我。我不要利息啊！”

海蛋儿认真地回答：“好。”然后径直往大姑家走。林冬娅紧紧跟在后面，生怕海蛋儿把她甩掉。走不远就到了海蛋儿大姑家。四间平房，院子不大。一扇大木门半开着，海蛋儿回头看了眼林冬娅，用命令的口气说：“你在门外等我，我把鱼给爷爷就出来。”

林冬娅疑惑地问："为什么不让我进院里？"

海蛋儿迟疑了，喃喃道："院里很乱！"

林冬娅瞥了眼海蛋儿，上前把木门推开，抬脚走进门里。海蛋儿立刻跟进来。爷爷坐在窗下的椅子上，旁边放着一副拐杖。

"爷爷！"海蛋儿跑过去，蹲在爷爷面前。

爷爷惊喜地喊："嗬，我大孙子回来了！"

"爷爷，你看我钓到一条大海黄鱼，拿回来给你吃的！"海蛋儿把塑料包打开，拎起大黄鱼给爷爷看。

爷爷接到手里掂量一下，眯起笑眼说："够大的！渤海湾里很难见到这么大的海黄鱼了，你小子有手气！"

海蛋儿站起身要把鱼送到屋里，爷爷似乎才看到林冬娅站在海蛋儿身后，紧紧地盯着她。林冬娅向爷爷鞠躬，落落大方地说："爷爷好！我是董海杰的同学，我叫林冬娅。"

爷爷笑眯眯地问："你是村里老林家的丫头？"

"爷爷，她家在城里住，不是渔村的！"海蛋儿纠正爷爷的问话。

爷爷不住地点头："城里的丫头啊！打眼一看你不像渔村的孩子。城里的孩子活泼大方，丫头，你父母是干什么的？"

林冬娅感到爷爷满脸慈祥，把她当作渔家女儿，亲切地说："爷爷，我爸爸开公司，妈妈是高中老师。"

爷爷把旁边的小木凳拽过来，笑眯眯地说："丫头，坐一会儿。放假了，你在家做点儿什么？"

林冬娅看看海蛋儿，笑嘻嘻地坐到木凳上，跟爷爷唠嗑。海蛋儿本想在家吃完午饭再回渔村，半路遇到林冬娅，还跟到家里来。他把鱼送到屋里，想着把兜里的钱交给大姑，然后就回村。晚上还要出海钓鱼，这是大事，不能耽误了。

大姑没在屋里，海蛋儿到后院。大姑正在侍弄一块小菜地，看到海蛋儿回来，高兴得直拍手："海蛋儿，你可回来了，爷爷成天念叨你。要开学了，你别回村了，在家玩几天吧。"

海蛋儿回头看下屋里，林冬娅没有跟过来，悄声地说："大姑，还有二十多天开学，我还能弄些海货卖钱。大姑，这两千元钱是二壮妈妈奖励给我的。"

大姑咋舌："孩子，你怎能收人家这么多钱呢？这是多大的人情啊！"

海蛋儿忙说："大姑，是二壮回村送给我的，还给我和大涛每人一双新鞋，你看我都穿上了。我给二壮家送了两条鲈鱼。他家保姆阿姨说，赵姨和叔叔今晚回来，给他们炖着吃。"

大姑啧啧道："大侄儿真懂事了！不在东西多少，知道感恩！”

海蛋儿又从兜里掏出钱，递给大姑：“这是我这些天卖海货挣的三百元钱。我不去医院看爸爸了，那个同学肯定要跟我去。大姑，你给爸爸买点儿营养品吧。”

大姑收起钱，问：“哪儿的同学？是村里谁家的？”

“是城里的女同学，在镇上买我海螺认识的。我到二壮家的小区，我们又遇到了，她非要跟我来。她学习也挺好的，中考分数跟我差 5 分。”海蛋儿的话没说完，大姑拍打一下身上的灰尘，急匆匆地去前院。

大姑看到林冬娅端庄地坐在木凳上，跟爷爷亲热地唠嗑，眼睛忽地一亮，惊喜地说：“闺女长这么俊啊，一双大眼睛水汪汪的！学习还这么好！你以后可要帮助海蛋儿学习，你们俩一起去考清华大学！”

林冬娅站起身，微微含笑：“大姑，董海杰学习比我好！我们争取考上好大学！”

海蛋儿没有想到林冬娅这个陌生的同学来到家里，跟爷爷和大姑像很熟悉，一点儿陌生感都没有，犹如见到了亲姑姑亲爷爷。

海蛋儿担心爷爷和大姑不让他回村了，向林冬娅提醒说：“我们走吧，我送你回家！”

爷爷严肃地看着海蛋儿：“快晌午了，留同学吃了饭再走！淑霞，海蛋儿拿回来一条大海黄鱼，中午炖了，让丫头尝尝鲜。”

大姑拉住林冬娅的手，异常亲热：“闺女，咱家没有啥好吃的。咱们渔村家里来客人了，就是吃新鲜的鱼，尝个鲜。我做鱼可好吃了，再炒个鸡蛋，保准你爱吃。你不要走啊！”

林冬娅愉快地说：“谢谢爷爷、大姑！”

第十七章

林冬娅这顿饭吃得特别香，爷爷和大姑如此喜爱她，一个劲地给她夹菜。大黄鱼最丰厚的那段肉，几乎都夹到她的饭碗里了。那盘鸡蛋炒葱段，她从来没有吃过，唇齿留香，回味无穷。她一点儿陌生感都没有，落落大方，像在自己的亲人家。而海蛋儿却显得很拘谨，闷头吃饭，甚至都没有抬头看她一眼。

走出大姑家，细雨飘落。林冬娅从包里拿出雨伞打开，举在海蛋儿的头上，往海蛋儿身边靠近了一步。

“呀，你这么高啊！我才到你的肩膀！”林冬娅嘻嘻地笑。

海蛋儿下意识地向外挪了一步：“你自己打伞吧，我不怕雨！”

“你成落汤鸡了，怎么坐公共汽车？你撑伞吧，我在伞下借点儿光。”

海蛋儿举着伞，林冬娅紧靠在海蛋儿身边。雨点儿噼里啪啦地落在伞上，像欢快的音符在跳动。路上行人匆匆而过，摆地摊的小商贩急忙收拾摊位。有一个老人推着三轮车艰难地往坡上走。海蛋儿把伞递给林冬娅，快步跑过去，帮助老爷爷把三轮车推上去。海蛋儿回到林冬娅身边，满脸汗水和雨水，林冬娅从包里拿出纸巾给海蛋儿擦脸。海蛋儿擦干脸，接过雨伞，把伞往林冬娅的头上偏了偏。

林冬娅看到海蛋儿半个身子在伞外，她尽量往海蛋儿身边靠，靠得很近，感觉是依偎在他的怀抱里。他好高大啊，细如游丝的鼻息轻拂在她耳边，她的心怦怦直跳。林冬娅从没跟男同学走得这么近，靠在海蛋儿身边，嗅到他身上一股淡淡的汗味。林冬娅隐约觉得书上说的男人味，也许就是这个味道。

林冬娅脸颊呼呼发热，羞赧地低着头，轻声地问：“董海杰，你有什么理想？”

海蛋儿毫不犹豫地说：“考军校，将来当海军！”

林冬娅凝视海蛋儿：“你真棒！我也要考军校，将来做一名军医，为你们服务！”

海蛋儿放慢脚步，瞥了眼林冬娅，欲言又止。

林冬娅站住，直视海蛋儿："你要问我什么？"

海蛋儿吞吐地说："我……我想问你个事，你不会生气吧？"

林冬娅咯咯地笑起来："我还不知道你问什么，这气从哪儿来？你问吧，我不会生气的！"

"你家很有钱，你为什么不到国外上学？"海蛋儿走进河畔花园小区，感觉住在这里的人家都像二壮家一样有钱。

林冬娅淡然地笑了一下："你怎么知道我家有钱？"

海蛋儿避开她的目光："你家住的别墅跟二壮家一样，所以你家也有钱。"

林冬娅不置可否地说："爸爸做了多年的生意，能挣点儿钱吧。我原来想高中在国内，到大学再考虑留学。刚才告诉你了，我也要考军校，我说到做到！"

海蛋儿低头走，没说话。这个女生好像很任性，要做什么就必须做到。不领她去见爷爷，她一定要去；不想让她在爷爷面前待时间长，她却留下吃午饭。他相信她放弃出国留学也能说到做到。

走到街口，他俩站在路边打车。风雨交加，海蛋儿手中的伞有些晃动。林冬娅挥手拦车，可出租车疾驰而过。

"雨天不好打车，要有耐心地等啊！"林冬娅看到海蛋儿神色紧张起来，安慰地说。

海蛋儿知道大姑家距离汽车站不远，每次来大姑家都是从汽车站走来的，二十几分钟的路程，要是跑最多十几分钟就到了。

“你在这儿等车回家吧，我跑到汽车站！”海蛋儿把伞递给林冬娅。

“不行！你跑到汽车站全身就湿透了！”林冬娅怕海蛋儿扔下伞就跑，一把拉住海蛋儿的手臂。

海蛋儿高高地举着伞，焦躁不安地望着马路。

“你钓鱼寂不寂寞？”林冬娅找话说。

“不寂寞，坐在岸上一夜都不困。”

林冬娅把挎在身上的小包打开，拿出播放器，把耳机线缠好。

“这个借给你用吧。”林冬娅把播放器递给海蛋儿。

海蛋儿疑问：“我没跟你借啊？”

“我主动借给你的。我家里还有一个，开学还给我。里面全是歌曲，没有外语，寂寞的时候听听歌曲，很开心的！”

海蛋儿犹豫一下，找理由婉言拒绝：“我带在身上，容易被海水打湿了。”

林冬娅嗔怪地看他一眼，说：“只要珍惜就不会被海水打湿。”

海蛋儿不敢看林冬娅的眼睛，伸手接过播放器揣进短裤兜里。出租车疾驰过来，林冬娅挥手拦住。海蛋儿跟林冬娅都坐在后排座。

“还有二十四天开学了，你能提前几天回城里？”林冬娅望着车窗外问。

海蛋儿沉默一会儿说：“没想好。先送你回家吧，我不着急回村里。”

林冬娅没说话。

司机问：“你们到底去哪儿？”

林冬娅说：“客运站！”

到了客运站，出租车停稳，海蛋儿下车，在关车门的时候，他看了一眼林冬娅说：“我提前三天回大姑家！”

海蛋儿关上车门，快步跑进客运站里。

客车出了城，雨逐渐小了。回到村里，云消雾散，天空一片晴朗。海蛋儿开始做晚上出海钓鱼的准备。得先去海边挖蚯蚓，之前的半瓶海蚯蚓放在窗台上已经被晒干了，他换下鞋和衣裤，扛起铁锹拿着矿泉水瓶去海边。

海蛋儿一手提着铁锹，一手攥着矿泉水瓶，像头小牛犊在沙滩上欢快地跑着，他一气能跑学校操场两圈的距离。来到海岸边上一块洼地，那有一汪水，四周是茂盛的青草。海蛋儿的脚步声惊动了草丛中的几只鸟，扑棱一声飞起来，海蛋儿打个冷战。

洼地周边有挖过的痕迹。海蛋儿找到一块青草低矮的地方开始动锹，一锹下去，把泥沙土翻扣在旁边，几条棕褐色的蚯蚓在蠕动。海蛋儿把蚯蚓捡到瓶子里，继续一锹一锹地挖。不一会儿，海蛋儿满头大汗，看下瓶子，才装了一半。他要装满，这样几天不用过来了。海蛋儿稍微喘息一会儿，又开始挖了。他一鼓作气把瓶子装满了海蚯蚓，才扛着铁锹回家。

海蛋儿找长袖衣服。他从上初中就没有买过长袖衣服，两套校服换着穿。冬天的时候外面穿一件羽绒服，春节大姑要给他买套新衣服，爷爷也不让买，说他正在长个头，穿不了几天就小了。

海蛋儿吃口饭，找出秋季校服，装进背包里，拿上鱼竿包，看到桌子上的播放器，拿起来要往包里装，想了一下还是不能带到船上，一旦被海水打湿，他要赔新的。他还要背着“不珍惜”的锅，给林冬娅留下不好的印象。海蛋儿把播放器放到抽屉里。

海蛋儿急匆匆来到岸边，船上有五六个人，没有亮哥。船老大启动马达，海蛋儿喊：“爷爷，我亮哥还没来，等等他吧。”

船老大说：“那小子端着铁饭碗，出海钓鱼就是玩，三天打鱼两天晒网！”

夜幕降临，渔船缓缓离岸。

船老大把海蛋儿招呼到船尾，问：“小子，你爷爷吃没吃那条大海黄鱼？”

海蛋儿兴奋地说：“吃了，爷爷说渤海湾很难见到这么大的海黄鱼！”

船老大感叹道：“我和你爷爷都打了一辈子鱼，打到好鱼都舍不得吃，要多卖俩钱！卖炕席的炕上没有席子，编草鞋的光着脚丫子，这都是为了生活啊！”

海蛋儿听了船老大的话，心情沉重，默不作声。他想今晚要是钓到海黄鱼，一定送给船老大爷爷。

海蛋儿认不准上次钓鱼的位置。同船来的人，拉开距离坐下，开始做准备。海蛋儿顺着防波堤往前走。防波堤很长，夜幕中看不到头。越往前走，波浪拍打大堤的声音越大，时而一个浪头扑过来，溅起的浪花飞到海蛋儿的脸上。

海蛋儿不敢再往前走了，距离那些人远了，他有点儿害怕。海蛋儿看到有块大石头在堤边，石面光滑，他坐在上面，打开装鱼饵的瓶子，把鱼竿拉开，往钩上挂海蚯蚓。

海蛋儿把鱼钩甩进水里。风浪比昨晚大，鱼竿不时地颤动。海蛋儿专心体味手中鱼竿的细微变化，要找回昨晚钓上大海黄鱼的感觉。他觉得鱼竿在明显地活动，迅速扬竿。鱼钩是空的，两个钩上的鱼饵都没有了。

海蛋儿把鱼饵重新挂好，又把鱼钩甩下去。刚才鱼咬钩，他感觉迟钝了。风浪大，鱼咬钩后鱼竿细微拖动的感觉被风浪的涌动掩盖，必须静下心来觉察，机会稍纵即逝。

海蛋儿坐在钓位上，全神贯注地观察鱼竿的细微变化。鱼竿好像有被拖动的感觉，他猛地扬起竿，一条大鱼在空中摆动。海蛋儿快速摇动渔线轮，把活蹦乱跳的大鱼揽在手里，惊讶地低声说："海黄鱼！"

天蒙蒙亮，那些垂钓的人佝偻着身子，头埋在臂弯上打盹儿。海蛋儿没有一点儿疲惫感，两眼炯炯有神。身边的鱼篓快要装满了，他把两条大海黄鱼放在鱼篓最下面，把个头小的海鲇鱼和鲈渣子鱼、石斑鱼放在上面。这个钓位波浪大，鱼却爱咬钩。他们要是知道这儿是个好钓点，都会聚集到这儿来了。要是亮哥来了，他情愿把自己的钓位让给他。

船老大把船靠到堤边，他们争相上船。海蛋儿最后一个上船。他们开始挨个看谁的收获多。

有人喊海蛋儿："小子，你钓到大鱼没有？拿过来我们看看。"

海蛋儿回答："没钓到，都是小鱼。"

有人过来拎起海蛋儿的鱼篓看一下："钓了不少，都是些小鱼。"

他们都是保温箱，箱盖盖上什么都看不见。海蛋儿也想买一个，不知道多少钱。他决定下船后去镇上卖鱼，到渔具商店看看，价钱合适就买一个。

船靠岸，那些人下船都走了，海蛋儿还留在船上。船老大把船锚拴好，抬头看到海蛋儿还在船上，问："小子，你怎么不走？有啥事吗？"

海蛋儿把鱼篓里的鱼倒出来，把两条大海黄鱼拎起说："爷爷，我又钓到两条！"

老船长瞪大浑浊的眼睛："啊，你小子有运气！"

"爷爷，这两条送给您吃吧，我明晚还能钓到。"

船老大忙摆手："我可不能要，你赶快到镇上，找家大饭店卖给他们，这两条鱼能有三斤重，能卖几个钱！"

海蛋儿恳求地说："爷爷，你不收我的船钱，我不知道怎么谢您了，您就收下吧。"

船老大嘿嘿地笑了："小子啊，你这书没白念，懂得人情世故啊！看来我不收，你是不能下船了！十多年没有吃到渤海大黄鱼了，这条小的我收下了！"

第十八章

国道从镇上穿过，商铺、饭店、洗浴中心在国道两侧，延伸十余里。镇子围绕国道在逐年扩建。海蛋儿骑着自行车沿着路边慢慢走着，不住地看着两边的门市。船老大让他找一个大饭店，把大海黄鱼卖给他们。镇上哪家饭店大，他不知道。在镇里上学三年，二壮领着他和大涛在大排档吃过串，没有去过大饭店。

前面十字路口左拐就是镇中学，海蛋儿跳下自行车，凝视宁静的校园。三年前开学第一天，同学们大多是父母或者亲人来送的。爷爷出海没有回来，他是自己背着书包从村子走来的。十里泥泞的路，连跑带颠赶到学校的时候，正好响起上课铃。保安懒洋洋地开门，嘲讽地说，上学第一天就迟到，学习不能好哪儿去！从那一刻起，他暗自下决心，一定要好好学习！

海蛋儿向校园投去深情的一瞥，骑上车子继续寻找大饭店。路过几家饭店，看到门牌上写的不是小吃部，就是农家乐，好像不是什么大饭店。前面马路对面有个三层楼的饭店，门匾高大，“渔人码头酒店”六个大字十分耀眼。

海蛋儿快速骑车过去，把车子放好，从车货架上解开绳子，拎下鱼篓，毫不犹豫地走进饭店。

“哎，小子，有什么事？”一个戴眼镜的中年男人站在吧台前，冲着海蛋儿喊。

海蛋儿走到跟前，把手里的鱼篓抬起来：“我找老板，问他买不买我钓的鱼。”

“我就是老板，都什么鱼？”老板瞧瞧海蛋儿手里的鱼篓，看到一条海黄鱼，惊喜地拎出来，“渤海大黄鱼！”

海蛋儿点头：“我昨晚在防波堤钓的。”

老板掂量一下：“这条鱼我要了，多少钱一斤？”

海蛋儿眨巴下眼睛：“五十元吧。”

老板眯斜眼睛问：“你卖过鱼？”

“这个暑假我卖过几次鱼。”

老板点头：“还是个学生，不跟你讲价了，称秤。你再钓到海黄鱼就送这儿来，你钓到多少，我要多少。这些小杂鱼，你到市场去卖吧，新鲜的鱼好卖。”

一条大黄鱼卖了六十元，这条鱼这么值钱，海蛋儿有种成就感。

海蛋儿来到路边市场，找个空闲地蹲下，把鱼篓口敞开。这些小杂鱼卖多少钱一斤，他不清楚。上次来市场大涛去打听各种海货的价格，他自己没有用心记，完全依赖大涛了，没有想大涛这么快就跟他分别了。他蹲在路边，路边是一溜卖海货的人，可他感到孤独。没人注意他，好像他脚下装满鲜鱼的鱼篓是一堆垃圾，路人视而不见。

临近中午，阳光火辣辣地照在头上。这些鱼再不出手，就会散发出腐烂的味道。海蛋儿有些焦躁不安，蹲在地上，双手捂着头，用身影罩着地上的鱼篓。

“嗨，小子，你是来卖鱼的，还是来睡觉的？”忽然有人在说话。

海蛋儿抬起头看到一个微胖半秃顶的男人，嘴角叼着烟卷站在他面前。

海蛋儿揉下眼睛，说：“叔叔，我是来卖鱼的。您买吗？”

那人把鱼篓拎起来，掂量一下，说：“满街卖鱼的，只有你是拎着鱼篓来的，你是昨晚钓的吧？小子，你卖多少钱一斤？”

海蛋儿瞧眼旁边卖鱼的说：“他们卖多少钱一斤，我就卖多少钱一斤。”

那人讥笑道：“你小子真会卖货啊，他们卖一元一斤，你也卖吗？看你这身板像个小伙子，可一身孩子气。你的鱼我都要了，鲈渣子六元一斤，鲇鱼四元，石斑鱼十二元，我成天在市场上转，哪种鱼什么价钱，我最清楚了。走吧，去我的饭店称秤。”

海蛋儿拎着鱼篓跟在老板身后。海蛋儿感到很幸运，遇到饭店老板，把鱼都包了，要是蹲在路边卖，不知道什么时候能卖出去。

那人领着海蛋儿来到一条小街上，临街西厢房立着一块大牌子：四季海鲜馆。

“我的饭店以海鲜为主，回头客都爱吃我家的海鲜。以后你钓的鱼只要新鲜，我全包了。我按质论价，不会亏待你的。”老板进屋喊服务员小张把鱼篓里的鱼分拣开过秤。

小张拎着鱼篓去后厨，海蛋儿赶忙跟过去。

“嘿，小子，唠会儿嗑来，我的人不会耍秤杆的！”老板喊海蛋儿。

海蛋儿没有回头，说：“我帮阿姨拣鱼。”

小张把鱼篓的鱼倒在地上，开始分拣，问：“肖老板给你多少钱一斤？”

海蛋儿说：“鲇鱼四元，鲈渣子鱼六元，两条石斑鱼十二元一斤，两条鲳鱼没说价钱，阿姨，您看着给吧。”

小张看了眼海蛋儿：“你是个中学生？”

海蛋儿点头："开学上高一。"

小张向大厅瞧一眼，悄声地说："肖老板要是不给现钱，你让他打条！"

肖老板走过来，小张低头拣鱼，似乎自言自语："这鱼挺新鲜，个头也够大的！"

小张把十几斤鱼很快分拣完，开始过秤。

小张搬来电子秤。肖老板摁了一下键盘，让小张把海鲇鱼装进盆子里，放到秤盘上。肖老板又摁了几下，说："海鲇鱼六斤三两，把鲈渣子鱼装在另一个盆里过秤。"

小张又拿个盆子，把地上的鱼拣到盆子里放到秤盘上。肖老板摁下键盘，秤盘屏幕上闪出数字。肖老板指着秤盘说："小子，你看清楚了吧，鲈渣子鱼是四斤四两，去掉盆子二两皮重。你算下多少钱？"

海蛋儿眨巴眨巴眼睛说："海鲇鱼六斤三两，二十五块二元，鲈渣子四斤四两，二十六块四元，石斑鱼一斤三两，十五块六元，鲳鱼不到一斤，算六钱吧。合计七十三点二元，叔叔，您给我个整数七十元吧。"

肖老板似笑非笑："你小子账算得挺快，张口就来，还会抹零。"

肖老板来到吧台，海蛋儿跟在后面。海蛋儿静静等着肖老板付给他鱼钱。肖老板漫不经心地点燃一支烟，乜斜看眼海蛋儿："你先回去吧，明天不管钓到多少鱼，都送过来。一起算账，差不了事！”

海蛋儿沉默一会儿，说：“叔叔，我要钱买一个冷藏箱，我看钓鱼的叔叔都有这个箱子，把鱼放在箱子里保鲜。”

肖老板吐出一口浓浓的烟雾，煞有介事地说：“你放假这几天钓着玩，还用花好几百元钱买个箱子，多奢侈啊！你的鱼臭了送到我这里，我都照常给你好价钱！你实在想要有个冷藏箱，要保鲜海货，我告诉你简易方法做一个。”

海蛋儿惊奇地问：“叔叔，什么方法？我要做一个！”

“你花五元钱去买一个泡沫箱，再买一卷透明胶带，把箱子缠住，保证结实。你家有冰箱，冻几瓶水放在泡沫箱里。家里没有冰箱，你来我这儿送鱼，我给你几个冰块。这不就是一个简易的冷藏箱了嘛！”

海蛋儿脑海里出现简易冷藏箱的图像。他不知道亮哥背的冷藏箱多少钱买的，肖老板说几百元，那也太贵了，确实用不着这么奢侈，而且他也用不了几天。海蛋儿内心很感激肖老板，即使鱼臭了，他都能给他好价钱。海蛋儿不好意思再提鱼钱了，高兴地走出饭店。

海蛋儿感觉饿了，来到路边小吃部买了一碗豆腐脑，一斤水饼。在镇中学的时候，他经常和同学来小吃部喝豆腐脑，既便宜又好吃。海蛋儿吃完去算账，看到厨房门口一个脏兮兮的泡沫箱，里面装满青菜。海蛋儿问收款的老板娘，这个泡沫箱在哪儿买的？老板娘说要是装破烂东西，去后院找个能用的，不要钱了。

饭店后院堆放着十几个破旧的泡沫箱，海蛋儿逐个翻看，不是破损，就是没有盖子，无法修复。海蛋儿问老板娘哪里能买到新的泡沫箱。老板娘告诉他，市场海鲜摊位上都有，花个三五元就能买一个。

海蛋儿来到海鲜市场，在一个摊位上花了五元钱买了一个泡沫箱，能装二十多斤海货，又在超市买了一卷胶带，骑上车子回家。

海蛋儿端详着泡沫箱，轻如纸壳，稍微用力就会破碎。要像亮哥背的那个冷藏箱一样，首先要保证结实，要有一个背带，要有一个盖子。海蛋儿去寻找背带。他想起爷爷有个黄书包，总挂在里屋的墙上。海蛋儿急忙到里屋去找，不知道什么时候黄书包没有了。海蛋儿开始翻箱倒柜，在柜子一角找到黄书包。

黄书包里有一个裂开细纹的红塑料皮笔记本。海蛋儿翻开看了几眼，爷爷歪歪扭扭的字迹，记录着出海情况，哪天遇到了大风浪，哪天捕到多少鱼，哪天修补渔船，爷爷都留下记载。爷爷哪天去谁家随礼，哪天给海蛋儿多少钱也写在上面。海蛋儿没想到爷爷的心这么细。海蛋儿把本子放进书包里，他不忍心把爷爷发白的陈旧书包毁坏，又把黄书包放回原处。

海蛋儿到仓房找了一节粗麻绳，用它做背带一样结实。

他把泡沫箱的盖用胶带缠住一边当成合页，可以像箱子盖那样打开。泡沫箱很软，海蛋儿担心箱子底托不住重物，找了一块木板放在泡沫箱下面，背带绳从木板下穿过，然后用胶带猛缠一阵。一卷胶带用完了，海蛋儿感觉不够结实，去村里小卖店买胶带。海蛋儿看到小卖店有冰柜，里面有各种饮料和矿泉水。海蛋儿问小卖店女主人，买三瓶矿泉水放在冰柜里冻成冰坨行不行？女主人疑问，冻成冰坨了怎么喝？海蛋儿告诉她是放在泡沫箱里冷藏鱼。女主人明白了，拿起三瓶水塞进冰柜里，让海蛋儿晚上过来取，肯定是冰坨了。海蛋儿付了钱，又买了两卷胶带，回家把两卷胶带都缠在泡沫箱上，泡沫箱像涂了一层黄油漆，看不出原来的样子。

第十九章

海蛋儿背着自制的冷藏箱，来到等船的地方。亮哥早早地来了，看到海蛋儿来到他跟前，眼睛一亮："谁给你做的冷藏箱？"

"买鱼老板说用泡沫箱可以做个简易的。我想象中应该是这样的。亮哥，你看对不对？"海蛋儿端着箱子让亮哥看。

亮哥端详一阵，拽了两下背带，把盖子掀开检查一番，叹道："嘿，还真像那么回事！盖子要有个绳扣就好了，箱子装东西沉了，盖子就盖不住了。"

海蛋儿琢磨一下，亮哥说得有道理。盖子上拴个绳，箱子上拴个绳，两条绳头系上就像上了一把锁头。

"我明白了，明早回家再做。"

亮哥笑着说："多大点儿事，还回家做。现在我就给你做了！"

亮哥从包里摸出一把折叠刀，在他摩托车上的杂物里割下一尺长的细尼龙绳，用小刀在泡沫箱盖和箱子上抠了两个小孔，把绳子断开，分别穿过去，在绳头上拴个木棒横在里面，露在外面的绳头系上。亮哥让海蛋儿回家用胶带把箱子边包裹起来，这样箱子更加结实。

船老大把船靠到岸边，一把拉住上船的海蛋儿，兴奋地说："小子，那条大黄鱼，我回家就炖上了。多少年没吃到这么鲜口的大海黄了！"

有人惊叹，有人咋舌，他们钓了多年的鱼，大海黄鱼的影子都没有见过。这个孩子才钓了两个晚上，每次都能钓到海黄鱼，这已经不是手气的事了，而是冥冥之中有股神奇的力量。船停靠稳当，十几人却没有争相下船抢钓位。

海蛋儿低声问亮哥："怎么都不下船？"

亮哥脸贴海蛋儿耳边嘀咕："咱们也不下！"

船老大看明白了，这些人要跟着海蛋儿走，海蛋儿在哪儿甩竿，他们就抢哪儿的位置。船老大冲着海蛋儿嘿嘿笑了两声："小子，他们看你在哪儿甩竿，就在你的附近确定钓位。嘿，运气可不是谁都有的！"

亮哥拎起箱子，嘲笑道："都是老钓手了，跟小孩子较上劲了？海蛋儿，你随便选个钓点，专心钓鱼！"

亮哥和海蛋儿背着箱子下船。海蛋儿把两盒罐头塞进亮哥兜里，亮哥一笑："你小子真懂事！你都买了，我不能不收下。这样吧，我吃一盒，你吃一盒。"

亮哥拿出一盒罐头，扔给海蛋儿。海蛋儿放进包里，大步上了堤坝一直往前走，亮哥不跟海蛋儿走，找到一个平坦的地方坐下来，准备在这里下竿。海蛋儿去找昨天下竿的地方，那里有一块光滑的石头。海蛋儿找到那块石头，把箱子放下。他还没有坐下，一个黑影猛地蹿过来，一屁股坐到石头上喊："这是我的钓位，你去别的地方下竿！"

海蛋儿背起箱子走了一会儿，前面堆放着乱石，阻止人往港口靠近。海蛋儿找个平坦的地方坐下来，把鱼竿伸展开，往钩上挂鱼饵。几个钓鱼的人跟过来，在海蛋儿旁边拉开距离坐下，忙碌准备甩竿。

远处码头灯火辉煌，隐约有机械的轰鸣声传过来。海蛋儿熟练地甩竿，把鱼钩抛了很远。潮水阵阵涌动，拍打堤坝发出哗啦哗啦的声音。抢占海蛋儿位置的人发出一声尖叫，压过海浪的哗啦声："哎呀，上来一条大海黄鱼！"

有人扔下鱼竿跑过去看。海蛋儿纹丝不动，淡定地握着鱼竿。他感觉今晚波浪小，鱼咬钩的概率大，一定是个丰收的夜晚。果然，围观的几个人刚散去，海蛋儿这边就咬钩了。他扬竿收线，一条活蹦乱跳的鱼跃出水面。海蛋儿收到面前一把抓住，也是一条海黄鱼。海蛋儿惊喜得差点儿喊叫出声，他立刻镇静下来，默默地把鱼摘下钩，放进箱子里。

清晨，海面上飘浮着稀薄的雾气，像巨大的轻纱在曼舞。船老大把船靠到堤坝下喊：“要起雾了，快上船！”

海蛋儿背着沉重的箱子上船，亮哥打开他的箱子一看，惊奇地说：“你钓这么多啊！”

船上的人听到亮哥的喊声，都凑过来看。一个能装二十斤重量的泡沫箱已经装满。海蛋儿钓到的三条大海黄鱼都放在箱子下面。有人翻了几下说：“没啥好货！”

船老大把船靠到岸边，海蛋儿最后一个下船。他背着沉重的箱子，快步上岸追赶亮哥。亮哥把鱼竿借给他用，他不送给亮哥一条鱼，心里总觉得不安。

亮哥正往摩托车上绑箱子。“亮哥，我又钓到大海黄了！”海蛋儿撵上来，气喘吁吁地说。

亮哥一愣，略有所悟地笑道：“嗬，你小子不显摆啊，把鱼藏起来了！”

海蛋儿无奈地说：“昨天晚上我钓了两条黄鱼，给开船的爷爷一条吃。他们知道了抢我的位置。我怕他们还要干扰我钓鱼，只好隐藏起来。亮哥，我给你一条海黄鱼。”

亮哥拍拍箱子，兴奋地说：“我也钓上两条。你赶快拿到市场上卖了吧，多攒几个钱！”

海蛋儿听到亮哥也钓到海黄鱼，比他自己钓到都高兴。

海蛋儿到树林里把自行车推出来，箱子绑在货架上，一溜烟往家赶。

海蛋儿走到家门口，猛地怔住，大门旁边站着一个男孩和一个女孩。海蛋儿认出来是大涛老姨家的孩子。他俩一大早来这儿干什么？

海蛋儿从自行车上跳下来，问：“小敏，你俩是来找我吗？”

小敏拉着弟弟小宝的手，胆怯地说：“海哥，我和小宝受欺负了，大涛哥没在家，我只好来找你。”

海蛋儿急问：“谁欺负你们了？”

小敏眼泪唰地流下来，轻轻地啜泣。海蛋儿把他俩领进院子里，安慰道：“小敏，你先别哭，说清楚怎么回事，我一定帮助你们！”

小宝眼睛里充满愤怒：“姐姐领我去镇上卖蚬子，有两个坏蛋在路上堵我们，跟姐姐要钱，姐姐不给，他们就打我们！”

海蛋儿气愤地说：“这是打劫啊！小敏，你认识他们吗？”

小敏抽泣地说：“我不认识，我跟小宝在海边挖蚬子到镇上卖，他们就在半路堵我们，要我们给他们买吃的，不买不给钱就踢我和小宝。两天要走了六十元钱。爸爸出海了，妈妈腰疼不能下地干活……”

小敏哽咽得说不出话来。海蛋儿知道镇上几个辍学的人，成天在街上闲逛，人们叫他们“街溜子”。他们专门欺负小学生，跟小学生要钱去网吧。

海蛋儿问：“你们什么时候去镇上卖蚬子？”

小敏抹着眼泪说：“今天早晨退潮，上午去海滩挖蚬子，中午去镇上卖。”

海蛋儿果断地说：“你俩快回家吧，挖完蚬子照常去镇上卖，中午我在镇上等你们，卖完我陪你们一起回家。”

“谢谢海哥！”小敏拉着小宝欢快地走了。

海蛋儿进院打开箱子，鱼没有黏稠，像刚钓上来的一样鲜亮。这个简易的冷藏箱成功了，海蛋儿露出惬意的笑。

海蛋儿抓紧折腾箱子里的鱼。拿出三条海黄鱼装进一个塑料袋子里，箱子里的冰棒快化成水了，要赶快去镇上把鱼卖掉。

海蛋儿把箱子绑在自行车货架上，把播放器找出来，戴上耳机听音乐，蹬上车子奔向镇上。

海蛋儿来到四季海鲜馆，服务员小张迎过来，认出是昨天卖鱼的人，惊诧地问：“箱子里都是鱼吗？”

海蛋儿打开箱：“张姨，今天的鱼比昨天的新鲜，你们都能要吗？”

“这鱼真新鲜啊！我问问老板。”小张回身看眼后厨的门，悄声地说，“老板还不给现钱的话，你让他把昨天欠的鱼钱一起打个条。别说是我告诉你的。”

肖老板从楼上下来，看到海蛋儿笑呵呵地说：“嗬，你这个简易冷藏箱做得像模像样的，听我的没错吧，既省钱又实用。今天送来多少鱼？”

海蛋儿把箱子盖打开，肖老板眼睛一亮：“哟，没少钓啊，我都要了！嘿，这个袋子里怎么还有三条鱼？”

“是海黄鱼，留给渔人码头酒店的。”海蛋儿把袋子拿起来，好像肖老板要下手抢似的。

肖老板愕然盯着塑料袋：“是渤海大黄鱼？少见啊，快拿出来我看看！”

海蛋儿不情愿地把袋子打开，肖老板拎起一条，感叹道：“这可是渤海湾多年不见的大海黄！小子，都卖给我吧。”

海蛋儿抬手抹一把脸上的汗水，毅然拒绝：“不行，我都答应人家了！”

肖老板轻蔑一笑：“小子，你是没有做过生意！他给你多少钱？”

“五十元一斤。”

“我给六十元一斤，谁价钱高卖给谁，他要想得到，价格就要比我高。这是市场规则，你不能违背规则做生意，是不是？别小看交易的是区区几条小鱼，这可是体现市场公平竞争问题。”肖老板笑嘻嘻地说。

“叔叔，我要讲诚信！我答应钓到海黄鱼卖给他的，我不能失信！”海蛋儿倔强地说。

肖老板讥讽地说：“你小子真是死心眼！你钓没钓到海黄鱼他怎么知道？就是知道了，你卖给出价高的人，也不犯毛病啊！咳，你小子一根筋，不是做生意的料！小张，你把鱼分开过秤，还是按昨天的价格。”

小张拎着箱子去过秤，海蛋儿紧紧地攥着塑料袋子跟在后面。肖老板眉头紧锁，这个小子是一条道跑到黑，变着法也要留下一条海黄鱼。

“小子，我看你挺讲义气的，咱爷俩儿也讲讲义气。三条黄鱼，我不都要，你卖给我一条！我有重要客人来吃饭，街面上的鱼都是大路货，这条海黄鱼能给我这个小饭店挣点面子。今天我就是要，你也得给我留下一条，况且我还按斤算账！”肖老板眼睛盯着海蛋儿说。

海蛋儿低下头，犹豫地看着手里的塑料袋，伸手拿出一条黄鱼递给小张。肖老板笑着说：“这就对了嘛，咱爷俩儿也讲讲义气！你挑一条大的卖给我，要么就给我留下两条小的，怎么着要够上一盘菜！”

海蛋儿把袋子打开，肖老板挑了一条大的海黄鱼，递给小张过秤。箱子里的鱼都过完秤，小张摁着计算器，把数量写在一张纸上交给肖老板。

肖老板吸了一口烟，吐出一个烟圈忽悠悠地飘到海蛋儿面前，海蛋儿伸手把烟圈打散，说：“叔叔，昨天欠我的鱼钱一起算了吧！”

肖老板眯缝着眼睛看单子：“有账不怕算！攒够数了一起算。”

海蛋儿焦急地说：“叔叔，您欠我三百二十元了。”

肖老板掐灭烟头：“别跟我废话，够五百元一起算！”

“叔叔，给我写个欠条吧！”海蛋儿哀求地看着肖老板。

肖老板皱了皱眉头，随手写了一张欠条扔给海蛋儿。

第二十章

海蛋儿把两条黄鱼送到渔人码头酒店，过完秤，老板当即把鱼钱结清。海蛋儿看了下播放器显示的时间是 10 点，小敏 12 点才能来镇上卖蚬子。他要回家睡一会儿。今天挣了三百多元，照这样下去，暑期可以赚很多钱。这些钱能给爷爷和爸爸买好多药，再多钓些鱼，他的学费也够了。海蛋儿心中充满期望，跟着播放器的歌曲《少年的你》哼唱起来，骑车欢快地回家。

海蛋儿一觉醒来，已经过点儿了。海蛋儿拍了一下脑袋懊恼地说：“怎么睡过头了！”

海蛋儿急得乱蹦，不知道小敏姐弟俩怎么焦急地盼望他出现，他却睡大觉！海蛋儿骑上车飞快地赶到镇上，在路边市场转悠一圈，没有看到小敏和小宝。海蛋儿冷静地想，他俩卖完货，一定是往家走了。回村子有条近路，穿过一片防沙林，少走三里路。海蛋儿骑车往镇子后面走，他在镇上上学的时候，就抄近路回家。

沙土地上是一条松软的羊肠小道，蹬车子费劲。海蛋儿跳下车，推着一路小跑。轻风从树林里徐徐吹来，海蛋儿焦躁不安，答应小敏姐弟的事情没有做，对不起他们俩，更对不起大涛！海蛋儿越想越急，用力推着自行车快速向前跑。海蛋儿想再往前追一段路，见不到小敏立刻返回镇上，也许小敏领着弟弟躲在哪个角落等他出现。

海蛋儿跑了一会儿，忽然听到前面有哭叫的声音。他扔下车子，快速往前跑。小敏和小宝被两个人堵在路上，小宝吓得嗷嗷叫。

“住手！你们干吗欺负小孩！”海蛋儿冲到他们面前大声地喊。

个头稍高、体态臃肿的少年不屑一顾地看眼海蛋儿吼道：“董海杰，这不是在学校，你别管闲事，赶快走开！”

海蛋儿认出是初中的同学，绰号“唐老鸭”，那个矮胖子绰号叫“陀螺”。海蛋儿经常看到这对组合在街上出没。“唐老鸭”父母在外地打工，他跟姐姐在家生活。他初二辍学，姐姐也管不住他，任其放荡。他经常在校门前欺负低年级学生，搜刮学生的零花钱。

海蛋儿快步上前一把推开“唐老鸭”，瞪着眼睛：“我家亲戚，你干吗欺负他俩！”

"唐老鸭"一咧嘴："董海杰，你别撒谎了！是大涛的亲戚，我就要他们给我和'陀螺'买点儿吃的。二十元钱，也没多要！"说完冲着同伙龇牙一笑："'陀螺'，对吧？"

"陀螺"晃动着脑袋，蔑视海蛋儿："对，谁拦咱俩发财就削谁！"

小敏哭哭唧唧地说："海哥，我给他钱吧！"

海蛋儿怒视"陀螺"，粗矮的身材，金鱼似的眼睛，露出凶狠的光。海蛋儿没有畏惧，大声说："你们这是抢劫！是犯法！"

唐老鸭笑嘻嘻地对"陀螺"说："你看没看到，好学生跟咱们就是不一样，听老师的话，学习好，还懂法律。我们不懂法，就知道打人！咱俩得教训教训他！"

"陀螺"突然跳起来，举手就向海蛋儿打来一拳。海蛋儿一闪身，迅速抬脚把他踹倒。"唐老鸭"看到"陀螺"摔倒了，忙去把他扶起来。

海蛋儿从兜里掏出播放器，递给小敏说："你俩赶快回村，我对付他俩！"

"唐老鸭"眼睛一亮，嬉笑地看着海蛋儿说："董海杰，咱们不动手打，只要你答应我一件事，我保证他们到镇上卖东西，我就不让他们给我买吃的了，一分钱保护费不要。"

海蛋儿疑问："什么事？"

“唐老鸭”指着小敏手里的播放器：“你把这个给我，我以后就放过他俩，咱俩还是好朋友！”

海蛋儿蔑视“唐老鸭”：“我的东西干吗给你？谁跟你是朋友！”

“陀螺”低下头要往海蛋儿身上撞，“唐老鸭”拉住“陀螺”，不让他往上冲。“唐老鸭”知道，他跟“陀螺”都笨手笨脚的，绑在一起也不是董海杰的对手。“唐老鸭”恼怒地指着海蛋儿说：“董海杰，今天不跟你打了，明天这个时候，咱们在学校后面的猪场见面，有种的就单挑摔跤。你要输了，把播放器给我，我要输了，就不让他们给我买东西吃了。”

海蛋儿说：“我输不输，你们都不准再欺负他们了。再欺负，我就去派出所找警察叔叔，我认识他们！”

“唐老鸭”发出刺耳的阴笑声：“警察能信你的吗？他们大人的事都管不过来，搭理你这个破事！把播放器给我就完事了！”

海蛋儿厉声地说：“你别做梦了！摔跤场上分胜负！”

“好，你等着瞧，你要不来是小鳖！”“唐老鸭”气哼哼地拉着“陀螺”走了。

海蛋儿领着小敏和小宝回村。小敏吓得全身哆嗦，她含泪看着海蛋儿说：“海哥，明天你别跟他们摔跤了，他们两个摔你自己，你摔不过他俩。我和小宝到村口卖，不去镇上了。”

海蛋儿轻蔑地一笑:“他们两个不用担心，我自有办法。再说村口能卖出几斤？还是去镇上卖得多。”

小敏看到海哥充满自信，恐惧的心情平静下来，她答应海蛋儿，明天继续挖蚬子到镇上卖。

海蛋儿晚上在防波堤钓鱼，亮哥在距离他不远的地方甩竿。海蛋儿几次想把明天下午单挑摔跤的事告诉他，犹豫再三没有说出口。他担心亮哥阻止他，可他认为这件事必须做，不能让“唐老鸭”继续欺负小学生。这种霸凌行为，他是最痛恨的。在学校谁要欺负弱小同学，他都会上前阻止。

可能是精神溜号，天亮收场的时候，海蛋儿钓了十来条小鱼，还有一条大梭鱼。船老大看到海蛋儿收获不多，安慰他，钓鱼的手气像打麻将一样，不是天天都能抓到好牌，只要坚持肯定有好牌上手。

海蛋儿回到家里，感觉很疲惫，躺在炕上不一会儿就睡着了。等他醒来，屋里洒满阳光。海蛋儿蹦下炕打开钓箱，把鱼装进鱼篓里。下午要跟“唐老鸭”摔跤，不能带箱子，也不能带播放器，一旦输了能轻手利脚全身而退。

海蛋儿顾不得在家吃饭，要尽快把鱼送给肖老板，不能臭在手里。

海蛋儿骑车来到四季海鲜馆。肖老板在楼上打麻将，让小张过秤记账。不到十斤杂鱼，小张没有分拣，按照鲈渣子鱼价钱算账，让海蛋儿占点儿便宜。

海蛋儿来到街上，没有看到小敏和小宝。走到烧烤店前，一股香气像根无形的绳子，把他牵到烧烤摊前。海蛋儿从来不乱花钱买零食，可今天迈不动腿了。他即将要做一件“大事”，一定得填饱肚子。海蛋儿狠下心，掏出十元钱买了一个香喷喷的鸡架，又来到豆腐脑小店，一斤水饼一碗豆腐脑，啃着鸡架饱餐一顿。

海蛋儿吃完在路边市场走了一圈，还是没有看到小敏和小宝。海蛋儿感到愧疚，没有得到小敏的信任，她不敢领着弟弟来镇上卖蚬子了。海蛋儿紧握拳头，一定让“唐老鸭”和“陀螺”得到应有的惩罚，这样小敏来镇上也不用再受他们的欺凌。

海蛋儿骑车来到学校，空旷的操场不见人影。红砖瓦房教室后面是一片杨树林，养猪场就在树林中，荒废多年，杂草覆盖，成了男学生的摔跤场。下了课，各年级喜欢打打闹闹的男生爱来这里摔跤、疯闹。海蛋儿上初三后就很少来这里玩了。

海蛋儿坐在车子上，等待“唐老鸭”和“陀螺”的出现。一阵摩托车的突突声传过来，“唐老鸭”和“陀螺”坐在后面，骑摩托的是二十多岁的青年，头发很长，遮住了耳朵，眉头有道大疤，像一条粗蚯蚓趴在上面。

“大哥，他就是董海杰，不让我收那个女孩的保护费，要跟我单挑摔跤！”“唐老鸭”笨拙地从后面下来，指着海蛋儿大声说。

“他还把我踹倒了，大哥，怎么削他？”“陀螺”凶狠地看着海蛋儿。

被称作大哥的青年把摩托车放好，走到海蛋儿面前。海蛋儿从车子上下来，直视他。

“你胆子不小啊！敢欺负我的人？他俩是我的小兄弟，你知道不？”大哥伸手揪住海蛋儿的衣服，瞪着眼睛吼叫。

海蛋儿一把甩掉大哥的手：“他们欺负小学生，跟人家要钱，我阻止他们不对吗？”

“你算老几？你要跟他们单挑，你是看他们俩胖，没有你灵巧，敢跟他俩摔跤，你敢不敢跟我摔跤？”

海蛋儿瞪着眼睛，毫无怯懦：“敢！”

大哥冲着“唐老鸭”和“陀螺”讥笑地说：“你们俩还真对付不了他，这小子挺倔，不知天高地厚！看大哥怎么收拾他！”

“唐老鸭”喊：“大哥，他输了，我要他听歌的播放器！”

海蛋儿立刻说：“不行！”

大哥一脸不耐烦地骂道：“小兔崽子，看我怎么收拾你！”话音未落，就看见一辆警车疾驰而来。

第二十一章

警察做完海蛋儿的笔录，让他回家。海蛋儿从派出所出来，看到小敏和小宝两人一脸疑惑地站在大门口，他的自行车停在一边。他向小敏和小宝解释了为什么警察来得这么及时，原来这一切都在海蛋儿的计划之中，他在去见“陀螺”和“唐老鸭”之前，先去了一趟派出所，向警察说明了“陀螺”和“唐老鸭”一直欺负同学、收保护费，以及今天他们要在学校后面的猪场和自己“约架”的事情，警察叔叔们让他照常“赴约”，然后他们再来个“瓮中捉鳖”……还好今天一切都在预料之中，警察及时赶到，否则海蛋儿仅凭勇敢是打不过三个人的。

小敏听完松了一口气，问：“那三个坏蛋呢？”

海蛋儿愤愤地说：“他们的事大了，留在派出所继续交代问题。”

海蛋儿把小宝抱上前面的车梁，骑上车子，小敏跳到车后架上。海蛋儿蹬车回村。黄昏降临，村里升起一缕缕炊烟。还有两小时船就要出海了，海蛋儿拼命地蹬车，千万不能耽误上船。

走进村头，海蛋儿骑车拐到小敏家。小敏跳下车，海蛋儿说："明天去镇上卖蚬子，他们不敢跟你要钱了。"

"海哥，我敢去了！"小敏激动地摆摆手。

海蛋儿回到家，感到疲惫不堪，像干了一场重活，一头扎到炕上睡着了。醒来已是第二天早晨，海蛋儿很懊恼，耽误了一晚上的收获。海蛋儿感觉后背有点儿疼，昨天下午那人突然来了个背摔，他还没反应过来就被重重地放倒了。当时海蛋儿没啥感觉，迅速从地上爬起来，事后才感到浑身上下越来越疼。海蛋儿下炕去屋外找装海蚯蚓的瓶子，在井台的水盆子里，瓶子漂浮在上面。海蛋儿拿起瓶子，还有半瓶蚯蚓，够晚上用的了。

海蛋儿没觉得饿，坐在门槛上，呆呆地望着洒满晨光的蓝天。昨晚没有出海，今天清闲了，却显得很寂寞。海蛋儿不知道今天海水是什么潮，如果是白天退潮，他想去帮助小敏挖蚬子。

海蛋儿进屋翻日历，他跟爷爷学的看农历能知道潮汐涨落。虽然不能像爷爷那样精准到分钟，但大概也有个估摸。今天是农历七月十六，早晨退潮，半上午就可以去海滩挖蚬子了。

海蛋儿有事可做，心情轻松了。他吃着泡面，打开播放器挑选音乐。听了几首歌的开头，感觉不好听，继续寻找歌曲。他无意中打开学习键，英语朗读声播放出来。海蛋儿听了几分钟，是初中的英语朗读。海蛋儿摘下耳机，感到疑惑。林冬娅借给他播放器的时候，告诉他播放器里全是歌曲，实际上却有初三的英语课程。海蛋儿认为林冬娅在说谎。她没有必要说谎，因为她是主动借给他这个播放器的。当时海蛋儿并不想接受，担心被海水打湿。她说只要精心爱护就不会被海水打湿。海蛋儿为了证实自己能够做到精心爱护，才接受她的播放器。海蛋儿现在想不明白的是，她为什么跟他说谎话？海蛋儿越想越不明白，必须当面问她。他接受不了别人的欺骗和说谎。

海蛋儿决定立即进城找林冬娅，当面问她为什么要跟他说谎，然后把播放器还给她，再赶回来到海滩帮助小敏挖蚬子。海蛋儿换上干净的校服，穿上新鞋到去村头坐公交车。

海蛋儿很容易就找到林冬娅家。她家大门紧闭，院子里很静。海蛋儿站在紫铜色大门前，犹豫半天没敢摁下门铃。他从兜里掏出播放器，准备放到门口还给林冬娅，不跟她见面了，给她留点儿情面，别让她尴尬。海蛋儿寻找半天，也没有找到既安全能藏住播放器，林冬娅家人开门的时候又能一眼就发现的地方。海蛋儿看到大门底下有道缝隙，播放器可以塞到院子里，但缝隙太小，硬塞会划伤播放器。海蛋儿又看到路边是一排梧桐树，他过去掰下一片肥大的树叶，把播放器裹住，蹲下身往缝里面塞。

海蛋儿把播放器塞进去，站起身刚要走，一辆白色轿车驶来，缓缓停在大门前。林冬娅下车，惊诧地看着海蛋儿："董海杰，你什么时候来的？"

海蛋儿一脸惊慌，像偷人家东西被当场逮住。林冬娅的母亲邱老师下车，疑惑地看着海蛋儿，忽然想起来问："冬娅，他是在小镇集市上卖海螺的那个同学？"

林冬娅欣喜地说："妈妈，你还记得啊！他叫董海杰，还送我一个虎皮斑纹贝！"

邱老师问："董海杰同学，你来我们家一定有什么事吧？进院里说吧。"

海蛋儿低下头，不敢看林冬娅和她妈妈。

邱老师打开大门，林冬娅看到一片树叶上面的播放器，上前捡起来，含笑地问："不是说好了开学还给我的吗，你怎么今天还给我了？"

海蛋儿没有退路了，质问林冬娅的那股勇气油然而生，脸色通红地说："你说这个播放器里没有英语，为什么我找到了？你在说谎！"

林冬娅惊呆了，好像没有听清楚他说什么。她低头看着手里的播放器，愣了一会儿才回过神，辩解道：“我没说谎！我有两个播放器，这个下载了英语课程，我那个没有下载，当时我没记清楚。”

邱老师知道林冬娅前几天在小区里跟小镇上偶遇的新同学邂逅，还去了他亲戚家，邱老师没有责怪女儿的任性。她在考生的档案中查了这个乡下考生的卷子。他卷面工整，几乎没有涂改。数学、语文都是高分，尤其作文写得非常好，阅卷老师给了高分。林冬娅的语文卷比他的语文卷少了5分，这说明林冬娅的语文基础没有这个男生扎实。这个在农村生活长大的孩子，暑假期间能自食其力赚钱，说明他吃苦耐劳。虽然在小镇短暂接触，但她感到这个男生品行端正，相貌英俊憨厚，女儿跟这样的同学在一起，对学习和校园生活都有益处。她不反对他们在一起，可她也有顾虑，毕竟是情窦初开的少男少女，早恋的窗户随时都能打开，必须让他们把精力都放在学习上。

“董海杰同学，你质问林冬娅同学不诚实是正确的。林冬娅同学辩解不是说谎，她也有自己的理由和证据。我给你们俩做公证人，是林冬娅同学说谎，还是董海杰同学误会了林冬娅同学，我们用事实来说话好吗？”邱老师不清楚女儿的播放器下没下载英语，但她了解女儿不会说谎。

海蛋儿低头不语，林冬娅委屈地流下眼泪，抽泣说：“董海杰，你怎么不说话？我们进屋去看那个播放器到底有没有英语！”

邱老师严肃地对林冬娅说：“掉眼泪是弱者的表现，声音大是无理的狡辩。有话好好说，董海杰是明白事理的同学。”

海蛋儿抬起头，羞愧地说：“对不起，我不冷静。我回村去。”

海蛋儿说完转身要跑，林冬娅手疾眼快，一把拉住海蛋儿的衣襟：“事情真相还没弄清楚，你不能走！”

邱老师忍不住笑了：“两个任性的孩子！董海杰同学，听老师的话，跟我们进屋，林冬娅把家里的播放器拿出来，验证一下，你们之间的误会就解除了。”

海蛋儿后悔自己冲动了，不该现在跟林冬娅较真。开学后有的是时间问清楚这件事，现在他捅了马蜂窝，想一溜了之是不可能了。他硬着头皮第二次踏进林冬娅家的大门。

林冬娅把大门关上，顺手把门反锁上。海蛋儿惊惧地看着邱老师，猜想林冬娅是不是发火了，不让他走出院子，那样他又赶不上船出海了。昨晚已经耽误，上百元的收入没有了。

邱老师笑着说：“冬娅习惯了，进院就反锁门。”

林冬娅瞥一眼海蛋儿：“请进屋里吧，验证完了，你可以走。”

海蛋儿跟着邱老师走进大厅。上次到她家的时候，他看到那只虎皮斑纹贝摆在古董架上。他迅速瞄一眼，色彩斑斓的虎皮斑纹贝依然摆在那里。邱老师端来一盘水果，放到宽大的茶几上，让海蛋儿坐下。邱老师给海蛋儿剥开一只山竹，递给海蛋儿说："很新鲜，你尝尝。"

海蛋儿没见过这种水果，果肉雪白得像大蒜瓣，不会像大蒜一样辣吧？海蛋儿拘谨地伸手接过来，可他没有往嘴里放。

林冬娅噔噔地从二楼下来，手里拿着两个播放器，气哼哼地走过来，把播放器放到茶几上说："董海杰，你看这两个播放器，哪个是我借给你的？"

邱老师嗔怪地说："冬娅，对同学不准耍脾气，你也冷静一下！"

海蛋儿不敢抬头看林冬娅，看眼邱老师。邱老师冲他微微一笑，似乎给了他勇气。海蛋儿放下手里的山竹，看着茶几上的播放器，两个形状都一样是长方形，颜色都是黑色。只有细看才能分辨出不同，一个有一道白色条，一个什么都没有，黑色耳机一模一样。海蛋儿拿起有白色条的播放器，说："你借我的是这个。"

林冬娅露出一丝笑意："谢谢你能记住。这个全黑面的是我平时听歌的，你认真地找一下到底有没有英语课程。"

海蛋儿又抬眼看邱老师，似乎没有老师允许，他不能轻举妄动。邱老师微笑着点下头，海蛋儿才把那个播放器拿在手中。

海蛋儿摆弄了一会儿功能键，没有找到英语课程，把播放器放下。海蛋儿看眼林冬娅，低下头喃喃地说：“你没说谎，是我错怪你了，对不起！”

邱老师会心一笑：“董海杰同学，你没有错，做事情要认真，与同学交往就要讲诚信！”

海蛋儿抬起头：“嗯，老师我知道！”

林冬娅破涕为笑：“妈妈，那天我在董海杰姑姑家吃午饭了。姑姑做的是董海杰钓的鱼，可好吃了。听爷爷说，野生海黄鱼在渤海湾很少见，很多年都捕捞不到海黄鱼了，董海杰却能钓上来！”

邱老师问：“董海杰，还有十五天就开学了，你要玩到哪天？”

林冬娅马上纠正：“妈妈，董海杰不是玩，是挣钱给爷爷买药！”

邱老师笑了：“董海杰同学是个懂事的学生。”

海蛋儿站起身，毕恭毕敬地回答：“老师，我提前两天就不出海了，来大姑家准备上学。”

第二十二章

海蛋儿一连几天出海到防波堤钓鱼，收获明显减少，熬了一夜只能钓到十来斤鱼，大部分是不值钱的海鲇鱼和很少的鲈鱼、鲳鱼。海黄鱼几乎见不到影子了。他把鱼都送到四季海鲜馆，肖老板把欠鱼钱金额定到一千元钱结清，海蛋儿无奈只好同意。

这天晚上出海，船上的人明显少了，亮哥也没有来，海蛋儿感到很奇怪，便问船老大："爷爷，怎么钓鱼的人越来越少了？"

船老大把着舵轮，凝视朦胧的海面，低沉地说："你没发现这里的鱼不爱咬钩了？"

海蛋儿点头："是，钓的鱼越来越少了，个头也越来越小了。爷爷，这是怎么回事？"

船老大说：“港口装粮食的船多了，撒到海里的散粮粒也多了，鱼都吃饱了，还能咬钩吗？”

海蛋儿问：“他们到哪里去钓鱼了？”

船老大说：“有的不玩了，有的租船出海去海钓。出去一趟就是一天一夜，一个人怎么地也能钓个几十斤鱼！”

海蛋儿兴奋地说：“爷爷，你开船领我们过去，我也给你船费！”

船老大嘿嘿地笑了两声，叹口长气：“我也想去啊，一个人二百元，三十多人跑一趟大几千就进兜了。我没有出海证，抓到要罚款的。再说我的船小，经不起风浪，不敢跑那么远啊！”

海蛋儿感觉不对，这样的好事亮哥怎么会不告诉他呢？

“亮哥要去海钓一定会带我去的！”海蛋儿自信地说。

船老大拍着海蛋儿的肩头，缓缓地说：“小子，你还是个学生，谁能领你出远海？谁也担不起这个责任啊！我是看在你爷爷的面子上，才让你上船，反正也不远，在家门口转悠。你也快开学了，来防波堤钓鱼的人也少了，我也准备停船了。”

海蛋儿急了，还有十多天开学。爷爷不出船了，他就得下海抠海螺，可是抠海螺收益太少了，成天泡在海水里，身体支撑不了十天。他不能浪费这宝贵的时间，他要找亮哥，让他带着去海钓。

“爷爷，他们在哪儿上船？我想去看看亮哥，他的鱼竿还在我这儿。”

“在村子的后海渔港，小子，你别费心思了。他们不会带你出海的！”船老大看出海蛋儿的心思，给他泼了一盆凉水，断了他的念想。

海蛋儿不说话了，但他没有失望，只要有船出海，他想办法就能上船。第二天早晨下船，海蛋儿没有急于去镇上送鱼，而是来到村子的后海渔港。

后海渔港在村子北头，一道大土坝像防波堤似的突兀在海上，形成岸边和坝体之间上百米宽的海道。村里大马力渔船出海回来需要修船都停靠在这里。海上大风或者少见的台风来临时，这里就是大小船只的避风港。

后海渔港船不多，有几艘大马力船被拖在岸上进行维修。

海蛋儿等在旁边看到一个熟悉的身影，认出二愣叔拎着一个小油桶，哼哼着小调在干活。

“叔叔，您好！我是董老大的孙子海蛋儿，我问一下，去海钓的船儿点走？”海蛋儿仰脸大声地问。

二愣子把油桶挂在梯子上面，从梯子上下来，点支烟悠闲地吸了一口，惊奇地打量着海蛋儿：“你小子长这么高了！你爷爷的腿伤怎么样了？”

海蛋儿低声地说："爷爷的伤没好，在大姑家养伤。"

二愣子惋惜地咧了一下嘴："我十六岁就跟你爷爷出海，老爷子那可是海上蛟龙，什么风浪都闯过，怎么能在家门口把半条腿丢了？"

"当时舢板船撞到礁石上，爷爷为了保护我，把我推出漩涡，他被卷到礁石上。"海蛋儿想起那惊心动魄的场面，眼神黯淡下来。

二愣子拍下海蛋儿肩头："别难过，小子，你爷爷到什么时候都是咱渔民的一条汉子！等你爷爷回来，我去看看他，跟老爷子喝点儿酒。海蛋儿，你刚才问海钓船，你要跟船海钓？"

海蛋儿点头："我还有半个月开学，我想去钓鱼卖。在防波堤钓了十多天，钓的鱼越来越少了。"

二愣子竖起大拇指："不愧是董老大的孙子，我赞成！海钓船是咱村子夏老七的，到长兴岛将军石那一带海域钓鱼。白水船是早晨3点上船，晚上半夜回来，夜水船是下午4点上船，第二天中午回来。"

"叔叔，哪个时间钓鱼钓得多？"

二愣子说："白水船都是城里人爱玩海钓的来玩的，夜水船的人都是想钓鱼卖钱生活的人。夜水船遭罪，但收获大。"

海蛋儿担心地问："船老大能让我上船吗？"

二愣子眼睛一瞪，大声地说：“夏老七不让，你就说二愣叔让来的。我和他是铁哥们儿，都是初中没念完就上船跟你爷爷打鱼。你也有十六七了吧？”

“叔叔，我十六岁了。”

二愣子瞪着眼睛看着海蛋儿，让海蛋儿坐下。俩人并排坐在沙滩上，二愣子问：“你考上城里的高中了？还是你将来有出息！好好念书，走出渔村到大城市干番事业！”

海蛋儿感觉二愣叔爱说话，他肯定有船钓经验。海蛋儿想，二愣叔要传授给他，他上梯子帮他刷油漆干一下午活都行。海蛋儿显得很兴奋地说：“叔叔，我会好好学习的！叔叔，我问您一件事，您能告诉我吗？”

二愣子把烟头弹得很远，爽快地大声说：“你这小崽子，跟我还客气上了，问什么？说吧！”

海蛋儿神情专注地看着二愣子：“叔叔，您知道船钓用什么鱼竿吗？用什么鱼饵？”

二愣子嘿嘿笑了：“不怪你小子能考上高中，不懂就问，这才能学到真东西。你问正了，头几年我跟夏老七经常去船钓。我现在手头有活，要不然我领你去船钓。”

海蛋儿兴奋地说：“叔叔，这活什么时候能干完？我帮你干！”

二愣子忙摆手：“这活可不是你能干的！我要是让你干，你爷爷回来都能踢我两脚！”二愣子抬头看眼头上的太阳，

"我再歇一会儿，给你讲讲船钓的事。你在防波堤钓鱼用什么竿？"

"亮哥借给我的矶钓竿。"

二愣子把沾满油漆的帽子摘下来扇风，说："那是崖钓用竿，船钓用竿很多，有近海钓竿、深海钓竿。你用不着深海钓竿，近海钓竿有筏竿、拖竿、放流竿、慢摇铁板竿，这四种竿可以钓底、拖钓、抽铁板和放流钓。你也不是经常钓鱼，就是暑假钓玩几天，用矶钓竿也行，竿子三米五米都有。"

"叔叔，我不是钓着玩，我要卖钱！"海蛋儿急了，马上纠正他的话。

二愣子把手搭在海蛋儿的肩膀："你小子可以啊！可船钓不是崖钓那么简单，船在海里摇晃，别说甩竿钓鱼了，不晕船都是好样的！你行吗？这可不是你坐在爷爷小舢板船上，在家门口转悠，起风了来浪了，划拨几桨子就靠岸了。"

"叔叔，我不怕，我不晕船！"海蛋儿望着不远的海面，一艘渔船正向岸边驶来。他跟爷爷坐大船出过海，上学了爷爷就不领他上船了。

二愣子嘿嘿笑了两声："不晕船还行，可船钓遭罪啊，大人有时都吃不消，你个小孩子还是在家边转悠，弄点儿杂七杂八的也能卖几个钱。"

海蛋儿腾地站起来，大声说：“叔叔，只要能有收获，我不怕遭罪！叔叔，船钓也是用海蚯蚓做鱼饵吗？”

二愣子也站起身，竖起大拇指：“好小子，有性格！船钓有真饵和假饵。真饵用小鱼小虾、海蛏子、蚬子肉、鲅鱼干都可以。你钓过鲈鱼吧，春天的时候用假饵最好，现在就要用真饵。用假饵是小众钓法，我们出去船钓都用真饵。你真想去船钓，到镇上渔具商店买几个串钩钓海刀，现在大海刀鱼在市场值钱，有人用假饵钓刀鱼，我们都用真饵，一样上钩。”

海蛋儿高兴地说：“叔叔，您真厉害，您一定是船钓高手！”

二愣子嘴角上扬，得意地说：“那是，我出海钓鱼，没人能比我钓得多，夏老七都甘拜下风！”

“叔叔，你有什么技巧吗？传授给我呗，我钓到大鱼送你一条！”海蛋儿祈求地看着二愣子。

二愣子嘿嘿笑了：“你小子还挺会来事的啊！你还是留着多卖几个钱吧。钓鱼没啥窍门，就像你在课堂上听课，集中精力不溜号就能学好。船钓也一样，精神溜号就感觉不到手里鱼竿的细微变化。你在防波堤钓鱼，滑漂和小铃铛在波涛声中不起多大作用，也没有鱼漂，还是专心靠感觉！”

海蛋儿得到二愣叔的指点，对船钓充满期待。他离开后海码头，回到家里把昨晚钓到的鱼分拣开，稍大一点儿的鱼送到镇上四季海鲜馆，不到十斤杂鱼。剩下的小鱼，他要做鱼饵用。他来到渔具商店，看到矶钓竿种类很多，价格上千元、几百元和几十元的都有，最便宜的十几元钱。

海蛋儿似乎看花眼了，在摆放整齐的鱼竿前驻足，手里攥着二百元钱，眼睛盯着这个价位的鱼竿出神。

渔具店老板来到海蛋儿身边，笑呵呵地说："小孩子玩，买一根十几元的竿就够用了！你手里有多少钱？我帮你参谋一下。"

海蛋儿看着老板，辩解说："叔叔，我去船钓卖钱，不是玩！"

老板疑问："你是哪个村的？"

"仙人岛村的。"

老板点头："海边长大的孩子就是敢闯荡，镇上的大人都不敢去船钓，上了船又呕又吐的。"

海蛋儿恳求地说："叔叔，矶钓竿能不能优惠点儿卖给我，我还要买几个串钩。"

老板嘿嘿笑了："你还会讲价啊，我看你小子是真心要买，可以优惠卖给你。你挑选吧，在我这儿买竿的人，我都给配铅坠、绑串钩。我过去也是船钓迷，像你这么大的时候就跟船出海。我告诉你啊，出海一定要穿厚衣服，多带淡水和吃的。这是我的经验，钓鱼没啥技术含量，用心去做，甩几竿就摸到经验了。”

海蛋儿用二百元钱买了带着两个大鱼钩的矶钓竿和拴着串钩的筏竿，背着鱼竿包，骑车快速回村。

第二十三章

海蛋儿到家去海滩钓蛏子，做活鱼饵，他把半袋食盐放进厚实的塑料袋里，扛把铁锹来到海边。

海蛋儿找到一块凹滩，用铁锹把海水淘干，挖开一层沙子。沙滩露出一个个小洞，海蛋儿拿起食盐袋，抓起一些盐往这些小洞口撒。不一会儿，小洞口钻出一个摇摆的小脑袋。这一个个小脑袋就是笔管蛏子。海蛋儿快速地把一个个小脑袋拎出来，很快就钓出来三十多只蛏子。他感到差不多够了，都装进有半袋海水的塑料袋子里。

海蛋儿开始做出海准备。他把羽绒服找出来，跟食物和瓶装水都放进钓箱里。鱼饵放进鱼篓，又用胶带纸把简易钓箱加固一遍。一切准备好，海蛋儿感觉好像落了什么东西，他背着钓箱进屋，看到林冬娅的播放器在桌子上，迅速握到手里，仿佛远行前找到了一个知心的伴侣。海蛋儿把播放器装进塑料袋里封上，留个小口把耳机线拿出来搭在脖子上。

夏老七的船停靠在岸边，船很大，足有三十多米长，船钓的人陆续上船。夏老七戴着露了几个小洞的草帽，蹲在船头下面抽烟。他看到海蛋儿走过来，惊疑地问：“哎，小子，你不是董老大的孙子吗？你来干吗？”

海蛋儿不认识夏老七，看到这个人有点儿驼背，估摸就是夏老七。海蛋儿走到船下，说：“您是七叔吧，我是董老大的孙子，我叫海蛋儿，我要跟船去钓鱼。”

夏老七揶揄一笑：“船钓可不是你们小孩子玩的，你还是在家找个浅水湾子去玩吧。”

海蛋儿焦急地说：“叔叔，我不是去玩，我钓鱼卖钱！二愣叔说提他您就能让我上船。我给您船费！”

夏老七迟疑地问：“你还上学吗？”

“我开学上高中了。”

夏老七感叹道：“你小子比我们强百倍！我跟你二愣叔不念书，跟船出海捕鱼，就爱跟你爷爷出海，老爷子可照顾我们俩了。船主闫大巴掌欺负我俩小，克扣我们工钱，老爷子去跟闫大巴掌说理，他说，两个孩子在船上没少干活，分拣鱼都是他们两个干的，闫大巴掌才把工钱一分不差给我们。你多好啊，有书念，毕业了不用在海上混生活了。暑假上船钓鱼，也是锻炼意志，我赞成，上船吧！”

海蛋儿登上船梯子，走进船舱里。船舱经过改造，周围安放牢固的高木凳，让钓鱼人坐在上面。船舷边有一道铁管栏杆，坐在木凳上钓鱼，铁管卡在胸部，比较安全。每个木凳上旁边都有一个红白颜色相间的救生圈。有二十几个人聚在船尾闲聊，脚下放着各种颜色的钓箱，有的还带着白色泡沫箱，但他们的泡沫箱没有像海蛋这样用胶带纸包裹起来。

夏老七从驾驶舱走过来，叮嘱海蛋儿：“船遇到风浪摇晃的时候，不要起身走动。把凳子下面的救生圈套在身上。你跟爷爷出过海，船摇晃不会害怕的。有几个人跟船出来一趟，吓得就不敢来船钓了。”

海蛋儿问：“七叔，在镇上财政所工作的亮哥，他怎么没来？”

夏老七说：“你说的是郑亮啊，我认识，那小子爱钓鱼，上了两次船，遭点儿罪就受不了了！”

夏老七检查一圈，船上三十多个钓位椅子都坐满了，他回到驾驶舱，启动马达，船缓缓地离岸。

海蛋儿是后来者，靠在船尾右船舷的木凳上，看着渐渐远去的海岸，心里一阵激动，仿佛坐着爷爷掌舵的渔船驶入波涛起伏的大海。爷爷在近海捕鱼时经常领他上船，只有出远海捕鱼，大姑才把海蛋儿接到城里。爷爷上岸，就让大姑把海蛋儿送回村。海蛋儿虽然没有跟爷爷出过远海，但也遇到过大风浪，他从没晕船和呕吐。

天色渐渐黑下来，一艘孤船披着暮色在一望无际的海面上快速前进。海风呼啸，时而有浪花溅到船上。海蛋儿听着播放器的歌曲，远处一道雪白的光柱刺破夜空，在不停地闪动。船的马达声渐渐减弱，夏老七从驾驶舱探出半个身子喊："就在这儿抛锚了！"

有人喊："再往岛子附近靠一靠。上次来好像航标灯没有离得这么远！"

马达声又隆隆响起，渔船往航标灯闪亮的地方前行。航行半个小时，航标灯的光柱明显大了，船才停下。夏老七把锚抛下去，又把驾驶舱上面的三个大射灯点亮。他从驾驶舱出来，来到海蛋儿身边，拍着海蛋儿的肩膀，关切地说："你个小孩子熬不过大人，困了就到驾驶舱眯一会儿，别人不让进来，董老大的孙子我得照顾好！"

海蛋儿摘下耳机，感激地说："谢谢叔叔！"

船钓的人忙碌起来。海蛋儿把耳机塞进小塑料袋里封好放兜里，打开鱼竿包，拿出鱼竿伸展开。他看了眼旁边那位钓友，想问他是先放矶竿还是串钩。那人穿着雨衣，把自己裹得严严实实，如果不活动就像座塑像矗立在船边。

看他是往矶竿上的鱼钩挂鱼饵，海蛋儿也开始往矶竿上的鱼钩挂鱼饵。船在波浪中微微摇晃，发出哗啦哗啦的声音。船上钓鱼的人，很少说话。忽然，一声惊叫打破沉默。船头有人在喊：“开张喽，大鲈子上来了！”

海蛋儿把钩甩下去。在船上钓鱼跟在岸上钓鱼感觉不一样。在防波堤钓鱼，稳稳地坐着或站着，专注手里鱼竿的细微变化就能准确判断鱼是否咬钩了。在船上晃来晃去，感觉不出鱼咬钩拽动鱼竿往下沉。海蛋儿看了眼旁边的雨衣人，他不时地轻轻地抬下鱼竿。海蛋儿猛然明白，抬起鱼竿，渔线绷紧了，鱼咬钩了就会准确做出判断，快速扬竿。

海蛋儿试探着抬竿，反复几下，感觉抬竿幅度不能过大，动作过大，鱼没咬钩，鱼钩被拖出水面，还要重新甩竿。甩鱼竿不麻烦也不累，只是也许此时钩子周围有一群鱼儿正在争夺诱饵，频繁甩钩，影响鱼咬钩的成功率，耽误时间收获就少了。

海蛋儿反复试着慢慢抬竿，猛地感到渔线绷紧，下面有个沉重的东西在坠着。海蛋儿兴奋地憋住呼吸，快速扬竿，摇动渔线轮，一条鱼被拎出了水面。海蛋儿感觉上钩的鱼很大，鱼竿上半部弯曲得厉害，像沉重的谷穗低下了头。

海蛋儿兴奋地从木凳上站起来，一把摁住在甲板上乱蹦的大鲈鱼。这条鱼能有二斤多重，这是海蛋儿钓到的最大的鱼。

“笨蛋！钓条鱼还用这么费劲去摘钩？”雨衣人扭过身冷冷地看着海蛋儿。

海蛋儿从钩上摘下鱼，放到钓箱里，默默地把鱼饵挂到鱼钩上，把钩甩下去，然后轻轻地抬竿，把渔线绷直，专注于鱼竿在手中的感觉。

雨衣人那边猛地扬竿，一条鱼跃出水面。他没有像海蛋儿那样用力往后扬竿，让鱼拖着钩落到甲板上，而是晃荡两下竿，稳稳地摇动渔轮线，那条鱼像秋千似的荡到他面前，他一把抓住，迅速从钩上摘下鱼扔进脚下的钓箱里，麻利地把鱼饵挂到鱼钩上，再把钩甩下去。

海蛋儿惊呆了，雨衣人这一连贯动作，像体育课老师演示标准动作，干净利落，一气呵成。海蛋儿抬竿，鱼咬钩了。他用力扬起竿，但没有往身后甩，像雨衣人那样，把鱼拎出水面，一下一下摇动渔轮线。沉甸甸的一条鱼悠荡到面前，海蛋儿快速出手握住鱼头，鱼尾巴不停地摆动。海蛋儿辨认出来，是一条大海黄鱼。他暗自惊喜，雨衣人声音冰冷：“上来一条大黄有啥高兴的！”

海蛋儿感到诧异，驾驶舱上方射过来的灯光昏暗，抓到手里的鱼才能辨别出种类。海蛋儿抓到手就摘钩，雨衣人竟能辨出是海黄鱼，而且还知道他心里高兴。海蛋儿惊惧得不敢说话，立刻把海黄鱼放进钓箱里，又挂上鱼饵甩竿。

深夜的海面，海风凉飕飕的。海浪簇拥着船体不停地晃荡，海蛋儿从来不晕船，这会儿觉得有点儿不舒服。他穿上羽绒服，从袋子里拿出一瓶矿泉水喝下几口。雨衣人又拎上来一条鱼，海蛋儿趁机说："叔叔，我这儿有矿泉水，给您一瓶喝啊？"

雨衣人声音低沉，说："你是冻得难受？越喝水越冷，我这有二锅头，你来两口身子就暖和了！"

海蛋儿再冷也不能喝酒，且不说他年龄还小，不能沾酒，这高度数酒下肚，不晕船也得吐。况且他还有点儿难受，但不能让他们知道自己有点儿晕船了。

"谢谢叔叔，我不会喝酒。"海蛋儿说了几句话，脑子竟然不发沉了。他开始深呼吸，像晚自习那段昏头涨脑的时间，到操场上深呼几口气，再踢几脚球，回到教室学习时脑子就清晰了。

午夜时分，船上钓鱼的人拿出带来的食物开始吃。他们大声说话，抿酒、喝茶、抽烟，悠闲得如同在树林里避暑。

海蛋儿开始啃面包，咬口火腿肠，喝口水。雨衣人站起身，伸个懒腰坐下，把脚下一个保温壶打开，冲了一杯速溶咖啡，声音生硬："小崽子，干瘪面包和肉肠能咽下去吗？喝杯咖啡提提精神！"

这声音让海蛋儿极不舒服，可他的话顿时让海蛋儿充满温暖。他走到雨衣人面前，接过一杯热乎乎的咖啡。海蛋儿双手端着有点儿烫手的纸杯，眼睛濡湿了。没想到像一个冰冷的雕塑不苟言笑的人能送他一杯热咖啡。海蛋儿喝着散发浓浓香气的咖啡，一股暖流涌遍全身。

第二十四章

雨衣人酌一口小酒，嚼几粒花生豆。海蛋儿给他火腿肠，他不要，给他一根黄瓜，要了。海蛋儿也轻松起来，把播放器耳机塞到耳朵里开始听音乐。

雨衣人把帽子摘下来，露出光秃秃的脑袋，毫无表情地看着海蛋儿。海蛋儿有些慌乱，不知道自己身上有什么缺陷，惹来他这样的目光。

“你带筏竿了吗？”雨衣人口气很冲地问。

海蛋儿拿起没打开的鱼竿包：“叔叔，我带来了！”

雨衣人嘲讽地说：“搂在怀里鱼就能上钩吗？再不下串钩钓刀鱼，天亮刀鱼就不爱咬钩了。”

海蛋儿急忙打开鱼竿包，把筏竿伸展开。渔具店老板给他拴了四个钩和一个蓝色的彩灯，并且告诉他，这渔线和鱼钩都是带反光的，下钩前要用手电照一下，彩灯和渔线在水下闪光，刀鱼就会过来咬钩。海蛋儿拿起手电，照射铅坠下面拴着的彩灯和渔线。

“小崽子，还明白点儿！你有活鱼饵吗？钓刀鱼要放活饵，一知半解就敢来船钓，真是初生牛犊不怕虎！”雨衣人说着拿起手电照射彩灯和渔线、串钩。他的渔线挂着的是绿色彩灯，闪出绿莹莹的光。他把鱼钩顺着船帮放到海里面。

有人冲着雨衣人揶揄地喊：“老怪，你收徒弟了？哼，不够你操心的！”

雨衣人怜悯地说：“小孩子来船钓，什么也不会，能看他白来遭罪吗？”

海蛋儿感到这个古怪的叔叔其实是在帮助他，不由得心存敬意。

四个串钩拴在一根渔线上，像一根笔直的树枝长出四个树杈。海蛋儿把蛏子挂到鱼钩上，蛏子伸出细长的脖子不停地摆动。海蛋儿把鱼饵挂完，学着雨衣人的样子，向船舷外探出身子，把串钩甩到船下。

船在摇晃，涌起的波浪拍打在船帮上，飞起的浪花溅到海蛋儿的脸上。海蛋儿观察雨衣人，他纹丝不动，仿佛凝固在钓位上，突然迅速抬竿，两条刀鱼被拎出水面，在空中舞动着细长的身子，他快速摇动渔线轮。

海蛋儿静静地等待一会儿，感觉鱼咬钩了，急忙把竿扬起来，可是串钩都是空的，连续几次一条刀鱼都没有钓上来。

雨衣人不动声色，接连钓上两竿都有几条刀鱼上来。他凝视着水面，像对着海浪说："看出什么名堂了？"

"叔叔，我没看出来。刀鱼怎么不咬我的鱼钩？是我的鱼饵不好吗？"海蛋儿疑问。

雨衣人身不动头不抬，像对着空气说话："你是瞎钓啊！你知道刀鱼在哪个水层上，就往下放线？"

"叔叔，您教我吧！"海蛋儿祈求地说。

雨衣人旁若无人，声音低沉得几乎被浪涌声淹没："看渔轮线的刻度，线放到十六七米就行了，刀鱼都在这个水层，天越亮刀鱼的水层越浅，钓到的刀鱼越大。"

海蛋儿不敢起身到雨衣人身边，雨衣人脾气怪异，怕惹恼了他，他就什么都不说了。海蛋儿倾斜身子，聆听雨衣人的话，每句话都铭记于心。海蛋儿用手电照着渔线轮，放的渔线已经超过二十米了，他马上摇动渔线轮，收回到十六米。海蛋儿的心怦怦跳动，前不久走进中考考场的时候，心就是这么跳的。老师凝视着他的眼睛，拍着他的肩头："深呼吸，深呼吸！"老师的话像咒语一样，他深呼吸，怦然跳动的心渐渐地平稳下来。

海蛋儿紧握鱼竿，仿佛老师就在身边喊他深呼吸。海蛋儿想，爷爷也许没钓过刀鱼，海上的活计无数，爷爷不能什么都做过。现在他学了一项活计，回家可以讲给爷爷听。海蛋儿突然感到手里的鱼竿明显被拽动，他快速摇动渔线轮，一条刀鱼跃出水面。

海蛋儿一把抓住游荡过来的刀鱼头。刀鱼嘴巴上尖利的牙齿像刺一样扎在海蛋儿手上，海蛋儿没有松手，把鱼拽到面前。在微弱的灯光照射下，柔软的刀鱼银光闪闪，晶莹剔透。海蛋儿握住鱼头，迅速把鱼从串钩上摘下来，放进箱子里。他感觉右手发黏，低头一看，满手掌是浑浊的血水。他从羽绒服兜里掏出手纸擦手。鱼身上的白鳞和血水混在一起，越发黏糊。海蛋儿还有半瓶水，他扭开瓶盖，左手握着水瓶往右手掌心倒水，再用手纸擦，仔细看手掌有几处破口，又开始渗出血丝。海蛋儿顾不上处理，赶紧往鱼钩上挂鱼饵。

“小崽子，扎破了不处理等着发炎吗？过来！”雨衣人边摘钩边大声说。

海蛋儿立刻来到雨衣人身边。雨衣人放下鱼竿，从雨衣里拽出一个小背包，翻了一会儿拿出创可贴撕开：“手呢？”

海蛋儿把手伸过去，雨衣人看了一下海蛋儿被刺破的手掌，迅速贴上两个创可贴。海蛋儿鼻子发酸，眼泪差点儿流下来。

“小崽子，继续抓鱼头，我这创可贴够你用的！”雨衣人说完扭过身，望着海面。

海蛋儿懂得雨衣人讥讽他的意思：“谢谢叔叔，我不能再扎手了！”

海蛋儿学着雨衣人抬竿，快速摇动渔线轮，伸手拉住渔线收到面前，手指捏住刀鱼头摘下钩。海蛋儿的串钩下到海里，一时半会儿上不来鱼，四个钩都上鱼的时候还没有过。雨衣人频繁抬竿，每次都不少于两条刀鱼上来，有时串钩拎出水面的时候，四个钩子都挂着扭动细长身子的刀鱼。

海蛋儿心里着急，夜空显露灰白色，按照雨衣人的说法，天放亮了，刀鱼也越来越不爱咬钩了。海蛋儿看一眼钓箱里，仅仅有六条像高粱叶子似的刀鱼。

“小崽子，天亮了鱼层浅了，上来的鱼都是大的，渔线放到十米，逐步收线到五米！”雨衣人眼睛盯着水面喊。

海蛋儿快速摇动渔线轮，把渔线收到十米。可刀鱼咬钩还是很缓慢，几次都是空竿上来。海蛋儿急躁起来，拎着鱼竿来到雨衣人身边问：“叔叔，我的竿怎么不爱上鱼？”

雨衣人没有说话，伸手把海蛋儿的渔线拽过去，看了串钩上的鱼饵，把四个鱼钩上的鱼饵都摘掉扔到海里，然后给鱼钩挂上他的鱼饵。

“这是鲐鲅鱼肉，钓刀鱼最好的鱼饵。”雨衣人从鱼饵袋子里抓出一把鲐鲅鱼肉塞到海蛋儿手里，数落道，“用它钓，你看看有啥收获？谁教你用蛏子做鱼饵的？那玩意进水里也是死鱼饵，没有腥味刀鱼是不会咬钩的。”

渔具店老板可能没有船钓经验，让他用蛏子做鱼饵。海蛋儿没有告诉他是听谁说的，他不想听雨衣人嘲讽别人。

海蛋儿回到钓位，甩下鱼竿静心等待一会儿，忽然感到鱼竿被一股力量往下拽，他猛地抬起鱼竿，两条刀鱼跃出水面。海蛋儿抓住渔线缓慢地把鱼钩收到面前，掐住鱼头，稳稳地从钩上逐个摘下刀鱼。这两条刀鱼握在手里又宽又厚实，沉甸甸的，闪着迷人的银光。

远处海岸线泛起鱼肚白，微波起伏的海面点缀着亮晶晶的斑点儿。船上人的脸上都挂着微笑，好像这艘船穿越漫长的隧道，才走到尽头看到了曙光。海蛋儿也感到很轻松，一夜的疲劳在晨曦中消失。海蛋儿看到脚下的钓箱快要满了，这是在防波堤熬两夜也得不到的收获。

天大亮，太阳从一抹云彩中钻出来，金光四射，洒满海面。沉默的钓鱼人开始说笑起来。夏老七从驾驶舱走出来，伸着懒腰来到海蛋儿跟前。

“哎哟，小子没白遭一宿罪，钓上来不少鱼啊！”夏老七惊喜地看着海蛋儿，没想到这小子能一夜不合眼熬到天亮。

海蛋儿看一眼旁边的雨衣人，说：“是这个叔叔帮助我的！”

夏老七瞪着眼睛，讥嘲地说：“你不是对谁都像倔驴一样啊？”

“你还有脸说？十岁小孩给你船费，你也能让他上船来钓鱼！”雨衣人头不回，望着水面气恼地说。

夏老七自豪地说：“咱们渔村的孩子不像你们城里的孩子娇生惯养的，他从小就跟着爷爷在船上混。他是第一次船钓没有啥经验，你帮他就对了，下次船钓他就会了，渔村的孩子不能掉链子！”

海蛋儿听了夏老七的话，像喝下一碗爷爷做的热汤面，心里热乎乎的。他充满信心，下回收获一定多！

第二十五章

海蛋儿下了船没顾得上吃饭，骑着车来到镇上，把鱼送到四季海鲜馆。肖老板愕然地看着海蛋儿："你在哪儿钓这么多刀鱼？这鲈子鱼个头也大啊！"

海蛋儿兴奋地说："我去船钓了。叔叔，这些鱼你都要吗？"

肖老板说："都要，你钓多少鱼我要多少！"

海蛋儿迟疑地说："你把欠我的鱼钱算清，我就继续卖给你鱼。"

肖老板冷笑一声，提高嗓门："小崽子，还跟我讲条件？这样吧，你把鱼都卖给我，我给你的价钱比市场摊位每斤多三元两元的。鱼钱凑够一千元就给你结账！你年纪轻轻的要学会做生意，按市场规律做交易，谁给价钱高，就卖给谁，你说对不？把这些鱼过完秤，我还给你打欠条。”

海蛋儿瞧眼钓箱，一斤多卖两元钱，满钓箱的鱼能多卖几十元钱。海蛋儿点头同意了。

肖老板安排小张把鱼分拣开过秤，可过秤的时候，肖老板却把价格压得比市场低。刀鱼不分大小条，二十五元一斤。海蛋儿擦下额头上的汗，说：“叔叔，我来时到市场看了刀鱼的价格，您给的价格低于市场价。”

肖老板看到海蛋儿讨价还价，立刻说：“你这就有两条宽刀鱼像点儿样，剩下的十来条像高粱叶子似的又窄又薄，在市场上也就是十五六元一斤，两条大刀鱼能卖三十五六元一斤，混在一起给你这个价是高价了！”

海蛋儿沉默片刻，为了尽快达到一千元好结账，他同意这个价格卖给肖老板。满箱子杂鱼分别过秤，这趟出海钓鱼，海蛋儿收入三百元。小张给他打了欠条，海蛋儿把欠条揣进兜里走出四季海鲜馆，推着自行车在路边市场看卖鱼的摊位，他要详细打听一下各种鱼的价格。他感觉卖给肖老板的鱼价格都低了几块钱。海蛋儿又想到一股脑都卖出去，比他蹲在路边一斤一斤称要节省时间，少卖几元钱也是合情合理的。

海蛋儿骑车要走，车子被人抓住。海蛋儿愣住了，是四季海鲜馆的张姨。

“我跑出来就是找你的，你跟我走！”小张紧张地向身后望一眼，快步走到路边。

海蛋儿莫名其妙，张姨慌忙地来找他，难道刚才的鱼钱欠条写错了？海蛋儿跟着张姨来到路边，把兜里的欠条拿出来："姨，这是欠条，你看错没错？"

小张笑着说："欠条没有错，我是告诉你，下次来饭店送鱼，把上次打的条子都拿来，赶快把肖老板欠你的钱算清。"

海蛋儿皱着眉头："还差二百元到一千元，他答应够这个钱数结清。我明天船钓回来能卖到这个数。"

小张怜悯地说："你真是个好孩子！我看你贪黑起早挺不容易的，辛苦挣的钱还到不了手里。你明天来饭店送鱼，不够数去市场买也要凑够把账结清！"

海蛋儿疑问："姨，肖老板还能跑了？"

小张啧啧道："你反应真快！他有这个苗头了。肖老板赌博欠了一屁股债，正张罗兑饭店要离开这里。你卖给他的鱼，他挑好的又卖给别的饭店了，这点儿差价他都不嫌弃！"

海蛋儿紧张地问："姨，他有钱给我吗？我现在跟他要钱去！"

小张忙说："饭店每天还能有点儿收入，现在去要他不能给你。我得马上回去，时间长了他要扣我钱的！"

海蛋儿本想去镇上的书店转转，听了张姨的话，直接返回村。他要认真做准备，今晚出海一定要多钓鱼卖给肖老板，凑够他设定的欠款数额，把钱要回来。海蛋儿又把钓箱子加固一遍胶带，从仓房里拿出爷爷腌制的鲐鲅鱼干，撕成碎条做鱼饵。在柜子里看到一瓶没有启封的二锅头，他惊喜地装进箱子里。这瓶酒要送给雨衣人，没有他的指教，他是不会钓上那么多鱼的。

还有四个小时才能上船。海蛋儿躺在炕上想睡一会儿，昨夜到现在没有合眼，感到有些倦意。可是他睡不着，闭上眼睛，林冬娅的身影就在脑子里转。拿出播放器就感到羞愧，自责自己为什么不冷静下来，竟然直接去林冬娅家质疑她说谎，开学后怎么面对她？

闹钟急促地响起来，海蛋儿迅速爬起来。上学的时候，闹钟一响，触及神经，忽地坐起身。即便是严寒冬天，他也从不恋被窝。爷爷让他多眯一会儿，可他没有一次放松自己。

海蛋儿来到后海码头。夏老七已经启动马达，船上的几个人聚在一起聊天。海蛋儿看到雨衣人独自坐在船上，身披黄色雨衣，把自己裹得严严实实，像要迎接一场暴风雨的来临。

海蛋儿背着钓箱和鱼竿包上船，站在雨衣人身后轻声地说："叔叔，我带来一瓶酒，不知道好不好，您留下喝吧。"

雨衣人缓缓地转过身，光秃的前额在夕阳映照下显得格外亮。他冷冷地问：“你干吗送我酒喝？”

海蛋儿矜持地答：“您给我鱼饵，告诉我钓鱼的技巧。没有叔叔的帮助，我不会钓到那么多鱼，我卖了三百元！”

雨衣人低沉地说：“你还算有良心！把酒拿来，我看看是什么酒。”

海蛋儿打开箱子，把酒瓶拿出来递给雨衣人。雨衣人看了一眼不动声色地问：“你从哪儿弄来的这瓶酒？”

“是爷爷的酒。”

“这是陈年老酒，比你的年龄都大！你爷爷不舍得喝，保存这么多年，还是留给你爷爷吧。”雨衣人的脸上露出一丝笑容。海蛋儿的畏惧感一下子消除了。

“叔叔，您帮助了我，爷爷会支持我这么做的！我不知道这瓶酒好不好喝，您收下吧。”海蛋儿高兴地说。

雨衣人看一眼海蛋儿，语气风一样冷：“你自己做的事情，与我何干？”

海蛋儿不敢再说话了，默默地把酒瓶放进箱里。马达轰鸣，渔船缓缓离开码头，披着暮色向大海深处奔去。

到了船钓点，天色大黑。夏老七抛下锚，把驾驶舱上面的三盏探照灯打亮，船上一片通明。大家一阵忙碌，手快的人开始甩竿了。海蛋儿坐在昨晚的钓位上，拿出鱼饵准备挂钩，雨衣人冲着他喊：“我这有鱼饵，过来拿吧。”

“我准备了鲐鲅鱼饵，谢谢叔叔！”

“把鱼饵拿来一块我看看！”雨衣人几乎是用命令的口气说。

海蛋儿撕下一条鲐鲅干，送给雨衣人。雨衣人拿起鱼干放在嘴里嚼了嚼：“家里腌的咸鱼，是给人吃的，鱼不能吃！”

雨衣人抓起一把鱼饵塞到海蛋儿手里：“两个竿可以同时下，串钩深点儿下，像昨天一样天亮的时候逐渐收线，上来的都是大刀鱼。”

海蛋儿同时甩下两个竿，有些手忙脚乱。海蛋儿选择以矶钓竿为主，凭昨天晚上的经验，矶钓竿上来的鱼不管是鲈鱼，还是海黄鱼、鲅鱼，个头至少一斤以上。串钩上来的刀鱼很小，只有晨曦初现，大刀鱼游弋在浅水层，才能钓上来又宽又厚又长的大刀鱼。

整夜里，海蛋儿没有怎么动串钩，仅仅钓上来几条高粱叶子似的小刀鱼。他的矶钓竿却连连上来大鱼，几条海黄鱼的个头比他在防波堤钓到的还大。满满一箱子杂鱼，鲅鱼居多，整齐地摆在箱子里。

天放亮，海蛋儿开始关注串钩。海蛋儿把自己带来的鲐鲅鱼饵挂到两个鱼钩上，另两个鱼钩挂上雨衣人给他的鱼饵，他打算试验一下雨衣人的说法。雨衣人给的鱼饵咬钩了，而挂了他的鱼饵的两个串钩颗粒无收。海蛋儿瞥眼身边的雨衣人，不由得产生敬畏感。

“小崽子，挺爱较真啊，学习上也有这个劲头吗？”雨衣人忽然说话。

海蛋儿吓得一哆嗦。雨衣人整夜穿着雨衣，帽子都没有摘下来，也没见他转头看自己钓鱼，怎能知道他较真用自己的鱼饵试验几竿？海蛋儿嘿嘿一笑说：“叔叔，您太有经验了，鱼确实不喜欢我的鱼饵。”

雨衣人没有说话，赶忙收竿，一条刀鱼拎出了水面。海蛋儿把串钩都挂上雨衣人的鱼饵，沿着船舷直接放下去，把线放到潜水层，静心等了两三分钟，突然感觉鱼竿在猛地往水下拽动。海蛋儿快速摇动渔线轮，鱼竿弯得像个弓箭。

海蛋儿身子向后倾，边摇动渔线轮边向后拉竿。雨衣人过来，一把拉住渔线，三下两下把一条大刀鱼拽出水面。雨衣人握住刀鱼，快速摘下鱼钩，扔到船板上。大刀鱼蹦跳起来，把船板打得咚咚响。

几个钓友围过来，一个黑粗的脖颈子上戴着黄金大链子的人弯腰拎起大刀鱼，嘻嘻笑着说：“小子，我用一条大鲈鱼和三条小刀鱼换你这条鱼怎么样？你肯定占便宜，我需要这条大海刀送礼！”

海蛋儿看眼那人手里不住摇摆的大刀鱼，有点儿恋恋不舍。他没有去想那人开出的交换条件自己是吃亏还是占便宜，而是感到那人有需求，就要帮助他。海蛋儿抬起头，刚要点头同意，坐在钓位的雨衣人突然站起身，冲着那人吼道:“雷胖子，你不要欺负小孩子！”

雷胖子紧紧握住刀鱼，蔑视一眼雨衣人:“老怪，你还有能力管闲事吗？你留点儿精力多活几天吧！”

雨衣人摘下雨衣帽子，露出闪亮的光头，怒吼道:“我有一口气看到不公的事就要管！你把鱼放下，这不是你钓上来的鱼！”

雷胖子阴笑一声:“你还来劲了？我要不是看你有病，我给你扔海里去！这条鱼我要定了，我看你能怎么着？”

雨衣人脱下雨衣，往雷胖子面前凑。夏老七从驾驶室走来，嬉笑地看着雷胖子说:“胖子，不怪人家说你，你确实有点儿不地道，这小子好不容易钓条大鱼，卖了赚点儿学费，你也好意思巧取豪夺。”

围观的几个人也七嘴八舌数落雷胖子，雷胖子瞪一眼雨衣人，把大刀鱼扔到船板上走了。夏老七捡起大刀鱼，掂量一下说:“三斤多重，少见的大海刀，能卖七八十元一斤，小子有运气！”

海蛋儿说:“是叔叔给我的鱼饵才钓上来的！”

夏老七低声地说:“他从来不跟这些人来往，还能为你挺身而出，小子，你人缘挺好！”

海蛋儿看着雨衣人孤独的背影，疑惑地问:“七叔，雨衣叔叔身体不好吗？”

夏老七把海蛋儿拉到驾驶室，神秘地说：“大家都叫他老怪，他姓陈，原来也是个老板，生意破产了，老婆领着女儿离开了他。他两年前得了绝症，治了一段时间，头发都治没了，索性不治了。别的事干不了，有钱的时候玩过钓鱼，这是他的强项。我见过船钓的人，没有人能钓过他。他第一次来我的船，跟我说他钓鱼卖钱是为了还债。他欠好朋友的十几万元钱，能动弹就要挣点儿，不还上这笔钱，他死不瞑目。我看他挺可怜的，提出船费减半，可他跟我急了，每次都是一分不差地把船费给我。”

海蛋儿起了恻隐之心，他想为雨衣叔叔做点儿什么。海蛋儿看一眼手里的大刀鱼，七叔说这条鱼能卖二百多元，那就把这条鱼送给他卖钱。

第二十六章

船靠到后海码头，海蛋儿最先下船。他背着沉重的钓箱走到岸上，蹲在树林边等雨衣人。船上的人陆续下来，只有雨衣人在慢腾腾地收拾渔具。夏老七从驾驶室出来，帮助雨衣人把钓箱搬到岸上，拎着一个大水壶回村了。

海蛋儿看看周围没有人，打开钓箱拎着那条大刀鱼来到雨衣人面前。

“小子，你怎么没走？”雨衣人淡淡地问。

海蛋儿拎起鱼，诚恳地说：“叔叔，这条鱼您收下吧。您帮助我钓上来的，您一定收下！”

雨衣人消瘦的脸上露出一丝微笑：“小子，你挺讲究！我怎么能要你的鱼？你快去镇上卖了，趁新鲜能卖个好价钱！”

一辆带篷的三轮车驶过来，停在雨衣人面前，司机下来把雨衣人的钓箱搬到车上。雨衣人坐到副驾驶座位上，挥手让海蛋儿走。

海蛋儿把大刀鱼放回钓箱，骑上车子回家。今天船靠岸早，他刷锅淘米，往炉膛里添柴，不一会儿香喷喷的大米饭出锅了。海蛋儿从钓箱子里挑了一条小海黄鱼，想了一下，二斤海鲇鱼也卖不上一条小黄鱼的钱。他把小海黄鱼放回箱子，拿出两条海鲇鱼。这种鱼不值钱，有人船钓上来都扔回海里了，而海蛋儿钓上来不管大小都舍不得扔。海蛋儿把鱼洗净，放到盘子里，又去菜地里摘下两个茄子洗净。他要做一盘最下饭的海鲇鱼炖茄子。油烧开用蒜末爆锅，先把鲇鱼放进锅里。他学着爷爷的样子，把茄子掰成小块放进鱼锅里，然后放入大酱。爷爷告诉他，炖茄子不能用刀切，要用手掰，这样炖出的茄子才有味道。

海蛋儿吃了一顿饱饭，倦怠的感觉没有了。他兴冲冲地来到镇上，没有直接去四季海鲜饭馆，先来到路边市场，找了一个没有人占据的地方，把自行车放好，从钓箱里拿出那条大刀鱼，挂在车把上。他要在市场上把这条鱼卖掉，然后再去四季海鲜馆送鱼。夏叔叔在船上说这条鱼能卖七八十一斤，他就卖这个价，送给肖老板肯定要被压价的。箱子里的鱼比昨天的多，一定能多卖钱，达到肖老板承诺结清欠款的数。海蛋儿心情愉悦，望着逛街的人，觉得都那么似曾相识，都那么慈祥。

“小伙子，这鱼是卖的吗？”一个戴眼镜的老者盯着那条大刀鱼看了一会儿问。

“爷爷，是卖的，我昨晚钓的，早晨才下船拿到这儿卖。”海蛋儿把鱼摘下来，送到老者眼前。大刀鱼银光闪闪，像条银色彩带在海蛋儿手里颤动。

“真新鲜啊，这层白霜还闪着亮光！小伙子，你卖多少钱一斤？我大孙子今天从哈尔滨回来，他就爱吃这鱼！”老者低下头，从鱼头看到鱼尾。

“爷爷，船上的叔叔说这鱼七八十一斤，能有三斤来重，您要买，给您最低价七十元一斤。”

老者拿到手里掂量掂量，爱不释手。海蛋儿和老者到旁边卖蚬子的摊上称了大刀鱼，三斤二两。海蛋儿立刻口算出二百二十四元。

“爷爷，您给我二百二十元吧。”

老者满意地点点头，付了钱拎着鱼走了。海蛋儿把钱揣进兜里，骑车去四季海鲜馆。餐厅空荡荡的，小张看到海蛋儿背着钓箱进来，迎上前帮助他把钓箱放到地上。

“你这些鱼肯定超出二百元了，欠条拿来了吗？”小张扭头看看楼梯，小声地问。

海蛋儿擦把额头上的汗珠：“姨，拿来了。肖老板呢？”

小张悄声地说：“我去喊他下来，称完秤你就跟他算账！”

小张登上楼梯几步喊：“肖老板，送鱼的来了，你下楼看一下，我好称秤。”

肖老板叼着烟卷，慢腾腾地从楼上下来，瞪一眼海蛋儿，阴着脸说：“以前你送的鱼，不管好赖我都收了，今天你送来的鱼，我要挑选一下，破烂货你拿走！小张，你一条一条往外拿，我把关！”

肖老板拽来一把椅子坐下，小张从箱子里拿起一条鱼，让肖老板看。

“这条小鲈渣子不像新钓的，像你从海边捡的死鱼！”

“叔叔，这些鱼都是我昨晚船钓的，不是捡的！”海蛋儿瞪大眼睛辩解。

肖老板吸了一口烟，冷笑道：“你还想糊弄我？我吃的咸盐比你吃的饭都多！”

小张从箱子里逐个拿起鱼，肖老板过目，挑到最后只选中一半的鱼。按照种类分开过秤，一算账是一百二十元钱，还差八十元凑够一千元。海蛋儿知道肖老板故意刁难他，不想结清欠款。

海蛋儿瞧眼低头捡鱼的小张，知道张姨这个场合不能帮助出主意了。海蛋儿抹了一把脸上的汗，说：“叔叔，这些挑剩的鱼，我便宜卖给您，只要八十元！”

肖老板讪笑：“你小子还挺聪明的，用破烂货糊弄我，凑够数好结账。你明天送来好鱼再说吧！”

海蛋儿无助地看着小张去后厨的背影，蹲下身把剩下的鱼捡回箱子。肖老板晃动着身子要上楼，海蛋儿喊道:“叔叔，您现在欠我九百二十元鱼款，您给我九百元吧！”

肖老板阴笑两声：“你小子还挺会做生意，给我优惠二十元，你要优惠我二百元，我立马给你结账！优惠不了吧？那我们还是按照承诺办事，鱼款一千元，我就给你结账，你也别跟我磨叽了！”

小张把写好的欠条送过来，说：“孩子，你赶快去市场把剩下的鱼卖了吧，时间长了就不新鲜了。”

海蛋儿背着钓箱来到街上，他想把鱼送给渔人码头饭店。那个饭店的老板比肖老板好，不会欠他鱼钱的。海蛋儿看下钓箱里的鱼，都是小鱼了，一看就是挑剩的。这样的鱼卖给人家有点儿不讲究了，还是蹲在市场卖吧，给钱就出手。

海蛋儿来到路边市场，找个空地方，把钓箱打开。自从大涛领过他蹲市场卖海螺，他已经习惯了，一点儿也不打怵，也学会了讨价还价。

旁边一个围着蓝色头巾的女人坐在小板凳上，身前摆放着一盆蚬子，一筐牡蛎。她看到海蛋儿蹲在旁边卖鱼，跟海蛋儿搭话。她说海蛋儿箱里的鱼没有大个头的，一看都是挑剩的，不值几个钱，不如留着自己吃。海蛋儿心想自己几天也吃不了，送到城里大姑家，可爷爷和大姑肯定不让他回村出海了。还有五天开学，他答应林冬娅妈妈提前两天回城，做开学准备。他还能船钓两次，至少也能挣几百元。

海蛋儿灵机一动，说："大姨，这点儿鱼卖给你吧，也不用过秤了，你看着给钱吧。"

那女人翻看了箱子里的鱼，啧啧道："我不能让你吃亏，我大儿子就在船上，知道出海人很辛苦。你这堆鱼里海鲇鱼多，个头都小，几条鲈渣子个头也不大，顶多能有五斤鱼，也不用过秤了，我给你二十元。我往外卖还不挣两个，卖不出我拿家吃。"

海蛋儿明知大姨在压价，他心中有数，混在海鲇鱼堆里一拃长的小鲈鱼也有二斤多，何止卖这个价。海蛋儿理解，大姨还要转手赚点儿，于是痛快地收下钱。

海蛋儿船钓技术明显有长进，跟那些老船钓的人可以一比高低了。他也能同时甩下两个鱼竿，熟练得像个老手。什么时间串钩放多长线，什么水层有什么鱼，雨衣人告诉他一次，他都记得清清楚楚。

海蛋儿早晨下了船，载着满箱子鱼赶往镇上。他没有直接把鱼送给肖老板，而是送到渔人码头饭店。杜老板一看是刚下船的鱼，高兴得都要收下。海蛋儿跟老板说，要留下一些卖给四季海鲜馆。肖老板欠他钱，凑到数才能结清。杜老板鄙夷地说，他是看你小，想占你便宜，这样的人少跟他来往。

杜老板把鲈鱼、尖头鱼、刀鱼定好价，让服务员过秤，然后把鱼钱算清。海蛋儿收好钱，走出来直奔四季海鲜饭店。

肖老板不在，海蛋儿让张阿姨给肖老板打电话。小张看海蛋满头大汗，可怜地说："傻孩子，他可能在躲你。我要告诉他，你来送鱼，他肯定不会让我过秤了。这些鱼按照昨天的价给你，我给你个条子，够数了就在这儿等他回来要钱，你以后可别往这儿送鱼了。"

小张称完鱼算账，给海蛋儿打了欠条。海蛋儿把三张欠条拿出来算一下，肖老板欠他一千零四十元。今天务必把钱要回来，宁可今晚不出海，也要在饭店等肖老板回来。

快到中午了，肖老板还没有回来。小张和两个服务员开始忙碌起来。海蛋儿看到香喷喷的饭菜端到客人的桌子上，他饥肠辘辘，直不起腰了。小张端来一碗蛎蝗萝卜丝汤和大碗米饭，放到海蛋儿面前。海蛋儿要付钱，小张笑着说，你是送货的客户，不是顾客，免费吃顿饭老板也会同意的。

海蛋儿吃完放下筷子，小张收拾桌子，悄声地说："孩子，这个时候肖老板不回来，就是在外面打麻将了，你明天来找他吧。"

海蛋儿焦急地问："姨，他在哪里打麻将？我去找他，我不说你告诉我的。"

小张犹豫一会儿，说："你贪黑起早地挣点儿钱也不容易啊！肖老板在天赐茶楼打麻将，你就说看到他的车停在门前了。"

镇子不大，从南到北走一趟就找到了。海蛋儿看到门面装饰得古色古香的天赐茶楼，把自行车放好，走进茶楼里。

女服务员迎过来问："你有什么事吗？"

海蛋儿扫眼大厅，说："我找四季海鲜馆的肖老板。"

服务员看眼海蛋儿，校服沾满污迹，脸色黝黑，头发凌乱，神情焦躁，问道："你是肖老板的儿子？"

"不是，我找他有重要的事！"海蛋儿果断地说。

"你叫什么名字？"

"董海杰。"

服务员说："你在这儿等着，我去问一下。"

海蛋儿不知道肖老板能不能出来见他，便悄悄地跟在服务员后面。服务员上楼走到里面一个房间轻轻推开门，站在门口说："肖老板，外面有个叫董海杰的学生找你，说有重要的事。"

有人笑道："老肖，是不是你私生子找来了？快出去看看！"

肖老板眼睛盯着麻将，不耐烦地说：“我不认识，让他滚！”

海蛋儿的心怦怦地跳，他果断地一步跨进房间。肖老板惊愕地瞪着海蛋儿，还没张嘴说话，海蛋儿大声地说：“肖老板，我把鱼送到饭店了。张姨过的秤，各种鱼十六斤，一百二十元，张姨给我写欠条了。现在您欠我一千零四十元钱，您答应欠到一千元钱就给我结账的！”

肖老板嗔怒地说：“你个小崽子，怎么找这来了？明天去饭店算，立刻给我滚出去！”

服务员拉住海蛋儿的手臂往外拽，海蛋儿猛地挣脱开，鼓起勇气向前跨了一大步，说：“叔叔，您要讲诚信，欠到一千元就算清！我要开学了，叔叔，您把钱给我吧！”

肖老板啪地一拍麻将桌，吼道：“我是给你点儿脸了？马上给我滚！不然我一分都不给你！”

坐在麻将桌里面的一个眉毛细得像柳叶的女人讥讽地说：“肖哥，输了几个钱跟小孩子发飙啊！人家给你送货，答应够数给结账，说到就要做到！”那女人看海蛋儿一眼，问：“你家谁送的货？大人不来算账，怎么让你来了？”

海蛋儿额头冒出汗珠子，低声地说：“姨，是我出海钓的鱼卖给肖老板的。”

那女人轻蔑地看了眼肖老板：“肖哥，跟个孩子玩什么把戏！我替你把孩子打发了，明天我领几个朋友去你饭店撮一顿，就顶账了！”

那女人拿起身边的小包，抽出一沓钱，点了一千元递给海蛋儿:“孩子，你把钱拿走。以后往饭店送货，不给现钱的老板不要搭理，不是真没钱，而是真要赖！”

海蛋儿接过钱，把手里的欠条放到麻将桌上，向那女人鞠躬:“谢谢阿姨！”

第二十七章

还有三天就开学了，海蛋儿答应过林冬娅的妈妈，提前两天回城准备上学。他还能出海船钓一次。他想这次钓到的鱼，全部拿回城里给家人吃，也要送给林冬娅家两条大鱼。

海蛋儿背着钓箱，拎着鱼竿包急匆匆地赶到后海渔港。狭窄的港湾里停泊的几艘渔船在浪涌中不住地摇晃。夏老七的船停靠在最外面，在大船的衬托下显得很小。船上有五六个人围在一起闲聊，海蛋儿看一眼，没有雨衣人。

海蛋儿把钓箱和鱼竿包放到甲板上，来到驾驶室。夏老七光着膀子在喝茶，看到海蛋儿进来，笑眯眯地问："小子，是要开学了？"

海蛋儿从兜里掏出钱，递给夏老七："叔叔，大后天开学，我明天就不上船了。这是我这些天的船费，叔叔，收下吧！”

夏老七放下茶杯，把钱接到手里，往手指上喷了一口唾沫点钱：“嗬，八百元！小子，跟我的船出了几回海？”

“八回。”

“挣了多少钱啊？”

“两千多元。”

海蛋儿说完转身要走，夏老七抬手笑着说：“小子，一会儿才能开船。来，聊几句！”

海蛋儿忐忑不安，他知道船费少了点儿，那些常年船钓的人合伙租船，均摊下来每天要二百元船费。海蛋儿第一次上船的时候，夏老七让他完事算账。按照他们的标准支付船费，他船钓卖鱼就剩几百元钱了。

海蛋儿赧然地说：“叔叔，我想自己多剩点儿钱，知道给您这点儿钱不够，还欠您的船费。明天我回家拿钱给补上。”

夏老七瘦削的脸上挂着笑意：“我说你欠船费了吗？你小子敢说实话，很诚实！说实在的，你跟这些船钓的人不同，他们是指这为生，付船费天经地义，我也靠这条小船生活。你要不是董老大的孙子，我不会让你上船的，船费多少不说，出点儿事我担待不起啊！我跟二愣子十六七岁上船出海，可你跟我们不一样，你还有学上，将来能走出渔村，到外面的世界闯荡。小子，你临时上船这么几天，我收啥船费！我和二愣子在你爷爷的船上，没少得到老爷子照顾。我跟你爸爸还是小学同学呢，董波养了一个好儿子！”

夏老七感叹一声，把手里的钱递过来。海蛋儿拒绝道：“叔叔，您每天晚上出船也够辛苦了，您收下吧。”

夏老七收敛笑容：“小子，我说不要就不要！你考上高中了，这几个钱算是叔叔对你的奖励！”

这时，雨衣人走进驾驶室。海蛋儿一下子怔住了，雨衣人变成了另一个人。他没有穿雨衣，穿着藏蓝色的夹克，黑色西裤，更奇怪的是，脚上穿着皮鞋。他不像是来船钓的，好似乘船旅游的。

“你真是老怪！看样子有啥喜事？”夏老七讶然地看着雨衣人。

雨衣人颧骨凸出，眼窝深陷，他从兜里掏出一沓钱，说：“跟你的船出海快两年了，终于把欠债都堵上了！这不是喜事吗？现在就差你半年的船费，你收下！”

夏老七接过钱，快速数起来，抽出一半，说：“大哥，我不能照他们的价格收你的钱，我留下两千元，你有病还要吃药，剩下的钱权当我给你买点儿药吃了！”

雨衣人果断地说：“不行，一码归一码，你出船是要挣钱的，不是志愿者做好事！你还不知道嘛，这些船钓的人，哪个能钓过我？这个小子再跟着出几次海，船钓能是把好手，脑袋灵，一点拨就明白！”

海蛋儿像在课堂上受到老师的表扬，腼腆地低下头。

雨衣人继续说：“这小子有股韧劲，不服输，是个好孩子！”

夏老七惊疑地看着雨衣人：“哎，你上我的船两年了，我第一次听到你夸奖一个人。这些船钓的人，好像你都没瞧起啊！”

雨衣人哀叹一声：“我有啥能耐瞧不起他们？我一身病，也活不多久了！今天是我最轻松的日子，今晚的船钓就是玩，也是告别钓！”

夏老七讥笑道：“你真是个怪人，要么不说话，谁也不搭理，这一说话就玄乎起来，还弄出‘告别钓’！好了，人齐了，我要开船了，你们到船舱坐吧。”

船缓缓驶出码头。海蛋儿站在船舱上，望着炊烟袅袅的村子，夕阳映照的村子是这么美丽。

雨衣人孤独地坐在船头，呆呆地凝视远处。夜色渐渐笼罩海面，看不到簇拥的海浪，只能听到波涛此时彼伏拍打船帮的啪啪声。海蛋儿从他们的谈话中，感觉雨衣人的不幸和自己的家有相似的地方，只不过妈妈没有领他走。雨衣人坐在船头，纹丝不动。他可能想起女儿，想起往事。海蛋儿想过去陪他坐一会儿，可他犹豫了，如果知道他的身世，妈妈没有领他走，雨衣叔叔会更加想念离他而去的女儿。

凉飕飕的海风裹挟着湿漉漉的雾气，扑在脸上感觉冷冰冰的。今夜海风大，还有阵阵海雾飘过来。海蛋儿把羽绒服穿上，他看雨衣人，仍然纹丝不动。海蛋儿奇怪，他怎么不穿雨衣了？从海蛋儿来船钓那天起，就看到他雨衣不离身。今晚海风很凉，他不穿雨衣会冻着的。半夜的时候他还没有把雨衣穿上，那就是忘记带了。海蛋儿想好，一定把羽绒服送给雨衣叔叔穿，不能让他感冒了。

渔船在夜幕中呼啸前行，船进入海钓水域。夏老七把探照灯打亮，三道雪白的光线把船舱和两侧的水面照得通亮。海蛋儿已经掌握规律，看到远处的海面上有一个小亮点在闪烁，船就缓慢减速，渐渐停下抛锚。海蛋儿知道，那个亮点是长兴岛上的航标灯。

船停稳，他们开始忙碌，准备甩竿。雨衣人坐在钓位上，打开鱼竿包，快速把鱼饵挂到鱼钩上，把鱼钩甩下去，然后开始往串钩上挂鱼饵，两个竿不一会儿都甩下去了。

海蛋儿的动作没有雨衣人那样娴熟麻利，但也算干净利落。雨衣叔叔说他是不服输的孩子，他感觉这一点雨衣叔叔说得比较符合他的性格。他做事情有股犟劲，不会轻易放弃。他小时候跟爷爷出海，爷爷下网的时候，舢板船在海面上漂荡，他就学着爷爷的样子，去摇动笨重的船桨。

舢板船在水面上转圈，爷爷吆喝他老老实实坐在船板上。可他偏不放下船桨，咬牙一下一下地拼力划桨。爷爷又好气又好笑，只好手把手教他划桨。十几岁的海蛋儿划桨速度和力量跟渔村里的年轻人几乎有一拼。

雨衣人甩了几竿，上来两条鱼。海蛋儿半天也没有感觉鱼咬钩，心里有些急躁，连连提起鱼竿，却都是空竿。

“今晚怎么稳不住气了？”雨衣人转过身，看着海蛋儿问。

海蛋儿焦虑地说：“两个竿都不上鱼了！”

雨衣人声音异常温和：“没感到今晚的海风不大，船却摇晃得很厉害吗？这是海面有低压风，贴着海面吹，下面的鱼不聚群了。小子，你别着急，我钓上来的鱼给你几条。你去驾驶舱休息会儿，你小子坚持这么多天夜间出海，真不容易啊！”

海蛋儿没想到神秘的雨衣人今天晚上这么慈祥。海蛋儿激动地说：“叔叔，我不累。我不能要你的鱼，我自己能钓满箱子。叔叔，你要是没带来雨衣，我把羽绒服给您穿吧，我不冷。”

海蛋儿的话仿佛触到了雨衣人的神经，他握着鱼竿的双手猛地一哆嗦，鱼竿差点儿从手里滑落下去。雨衣人显得不耐烦地说：“我不冷，别说话了，该干吗干吗！”

海蛋儿感觉自己没有说错话，雨衣叔叔的态度怎么一下子就变得冷漠了？海蛋儿专心钓鱼，可是提了几竿，只钓上来几条不大的箭头鱼和石斑鱼。另一个鱼竿上来两条小刀鱼，比柳树叶子长不了多少。

海蛋儿进入状态了，船上却有人喊："今晚怎么回事？鱼特不爱咬钩！"

"水下好像有暗流，是船老大没有抛锚在正地方？"有人喊叫。

夏老七从驾驶舱下来，大声说："我有航标图，不会抛错地方的！今晚海况不好，后半夜要有大风浪。我们要提前回港！"

海蛋儿不知道现在是什么时间，抬头看一眼深邃的夜空，繁星闪烁，无边无际。爷爷看到满天星辰就能估摸出时间，不知道这个船老大有没有爷爷那样的能力。海蛋儿又低头看脚下的钓箱，仅仅收获十几条大小不一的鱼，心里有些焦急。给爷爷和大姑一家人吃，又要送给林冬娅家。鱼少了会让他们觉得自己的船钓水平太低了，就像做了一个暑期的作业，最后交卷的时候不及格。

海蛋儿把竿甩下去，默默叮嘱自己一定要沉住气，一定能钓上几条大鱼。可海蛋儿看到雨衣人也是几次扬起了空竿，他索性不甩竿了，拿出一瓶酒，大口喝了起来。如果海蛋儿没有闻到浓烈的酒味，还以为他在喝水。

海蛋儿感觉雨衣叔叔是冷了，开始喝酒暖身子。海蛋儿脱下羽绒服来到雨衣人面前:“叔叔，您穿上吧，我不冷。”

雨衣人抬起头，看着海蛋儿深沉地说:“孩子，叔叔不冷。要开学了，你好好念书吧，这条大刀鱼给你了。”雨衣人站起身，大声地说，“大海这么多年馈赠我的太多了，让我有勇气走到今天！剩下的鱼我放生了，我对这些生灵谢恩！对大海谢恩！”

雨衣人把钓箱打开。海蛋儿感到奇怪，箱里竟然有半箱海水，钓上来的几条鱼在箱子里不住地摆动。雨衣人从箱子里拎出一条摇着尾巴的大刀鱼递给海蛋儿。

海蛋儿忙说:“叔叔，我不能要您的鱼。您一起放海里吧，我再钓上来！”

雨衣人苦笑一声:“孩子，我放生是为了求得心灵的解脱，把这条鱼给你也是我的心里宽慰。”

海蛋儿含泪望着雨衣人，不知道说什么。

雨衣人拿起酒瓶喝了几大口酒，把酒瓶子扔进海里，仰天大喊:“大海啊，你赋予我希望！让这些生灵回归大海吧！”

说完，他把箱子也扔进大海。

雨衣人深深地叹了一口气，拍下海蛋儿肩头:“叔叔累了，船头避风躺一会儿。”

海蛋儿看到雨衣人晃晃荡荡地走到船头，跑过去搀扶他。雨衣人摆手，声音颤抖地说:“孩子，叔叔没事！你安心钓鱼，上学安心读书！”

海蛋儿坐到钓位上，重新整理鱼竿，争取再钓上几条大鱼。海蛋儿钓了一会儿，没有大收获。

这时，夏老七启动马达，收起铁锚，大声喊道：“收竿吧，提前回岸，下半夜有大风浪！”

今晚的船钓是海蛋儿收获最少的一次，他失望地收起鱼竿。海蛋儿看到雨衣人的鱼竿扔在船板上，过去捡起来，摇动渔线轮把长长的渔线归位，摘掉鱼钩上的鱼饵，把鱼竿一节一节缩回，放进鱼竿包里。

渔船开始返航，海风逐渐大了，渔船在风浪中飘摇。突然，船头有人大声喊叫：“老怪跳海了！”

船上的人都涌到船头，海蛋儿惊愕地挤到前面，海面一片漆黑，什么也看不清楚。夏老七把船头大灯打亮，照着船前的海面。浪涌中，海蛋儿看到雨衣人在波涛中起伏。海蛋儿脱掉羽绒服，顺手抓起挂在船边的救生圈一跃跳进海里。

海蛋儿搂住救生圈，快速向雨衣人游过去。雨衣人在波浪中沉浮，海蛋儿借助海浪涌起的瞬间，拼力游到雨衣人前面，一把拉住雨衣人，把救生圈套在他身上。

“你干吗冒死救我？我这命不需要救！你快上船！”雨衣人悲泣着喊道。

“叔叔，别说话，保持体力！我拉你往船边游！”海蛋儿拉住雨衣人身上的救生圈，奋力向渔船游。

海蛋儿游到船边，船上的人扔下一根长绳子，海蛋儿立刻把雨衣人身上的救生圈拿下来套在自己身上，把绳子系到雨衣人腰间。船上的人把雨衣人拉到船上，然后把绳子又扔下来。这时一个巨浪扑过来，把海蛋儿卷走了。

第二十八章

海蛋儿从汹涌的海浪中钻出来，看到远处闪着一抹亮光。他知道那是飘摇的渔船。

海蛋儿竭尽全力向灯光处游，可是阵阵涌起的巨浪，时而把他举到浪头，时而把他抛到谷底。海蛋儿清楚自己身处绝境，想要游到渔船边是不可能的！海蛋儿双臂搂住救生圈，不能让恶浪夺走救生圈，那样他就要葬身大海了！

一个浪头把海蛋儿托起来，瞬间又跌落下去。海蛋儿惊恐万分，失声大叫："叔叔，救救我！"

海蛋儿的喊声那样微弱，好像在喉咙里咕噜一声。呼啸的海浪声，震耳欲聋，如同巨石轰隆隆地从天上滚落下来，砸到他的头上。海蛋儿的拼力搏击显得力不从心，他像一棵小草在海浪中被抛来抛去，又如坠落无底的深渊，一直往下沉，往下沉……

阵阵浪头压过来，海蛋儿从浪涛中钻出来，深深地呼出一口气，随后又被一个浪头卷入水里，他立刻憋住一口气，沉没在水中。浪头一个接一个地扑过来，海蛋儿一次一次被托起又被淹没，他在巨浪的摔打中掌握了节奏，在露出水面的一瞬间换气，然后憋气沉下去，又上来。

海蛋儿在浪涛中经历无数次生死攸关的沉浮，他感到自己一点儿力气也没有了，觉得呼吸的力量渐渐消失了。他绝望地看了看繁星璀璨的夜空，想起相依为命的爷爷，家里有一点儿好吃的都要留给他；想起爷爷领着他出海，遇到大风浪的时候，爷爷都是用绳子绑住他的腰，不让他走出驾驶室，那些老船员在船体的剧烈摇晃中呕吐，他却没有感觉；想起他和爷爷在舢板船上，被大浪涌起撞到礁石上……

漆黑的海面上，好像爷爷划着舢板船向他快速走来，爷爷用力摇桨，舢板船却越来越远。海蛋儿似乎听到爷爷的喊声："海蛋儿，爷爷等你回来！"

…………

海蛋儿猛然睁开眼睛，一片灰白色，好像是海面，又好像是天空。海蛋儿活动一下身子，救生圈套在腰间。他发现自己上半身趴在一块礁石上，身子下面是鹅卵石。在潮水的簇拥下，海蛋儿的身子往礁石上移动，每涌动一下，身子都感到剧烈疼痛。海蛋儿喃喃地问：“我还活着？”

海蛋儿艰难地支撑着坐起来，把救生圈从腰间往上移动，从头部摘下来。

“我还活着！”海蛋儿惊喜地大声喊。

海蛋儿站起来，海水淹没膝盖，脚下是鹅卵石。海蛋儿知道海岸边都是沙滩，他没有见过铺满鹅卵石的岸边。海蛋儿环顾四周，前面是一片黑乎乎的影子。天还没有大亮，他辨不清楚前面是海岸线还是荒岛。

海蛋儿脚上的鞋没有了，裤子也被冲掉了。救生圈套在身上，校服没有被冲刷掉。海蛋儿把救生圈挂在肩膀上，慢慢往前走。每走一步脚硌得都很疼，但海蛋儿充满求生的欲望，咬牙坚持往前走。只要到了前面的海岸线或是荒岛，他就有生的希望！

看似很近的那片模糊的影子，海蛋儿却觉得越走越远。一道霞光照射过来，他的身影在微澜的水面上拉长了。海蛋儿转过身惊讶地看到，一轮红日在海面上冉冉升起，海面上跳跃着金色的斑点，一层一层绵绵不断地跳跃。

灿烂的阳光下是一片绿树。海蛋儿惊奇地喊道：“荒岛！”

海蛋儿顾不得鹅卵石硌脚，大步走向荒岛。可靠近荒岛岸边，海水却深了。海蛋儿慢慢蹚过没腰深的水，登上荒岛岸边。海蛋儿异常兴奋，登上荒岛就有了生的希望，就有了立足之地。再大的风浪，再大的风雨，他都不怕。

荒岛杂草葳蕤，低矮的树木枝繁叶茂。海蛋儿小心地往前走，草丛中盛开着五彩缤纷的小花，成群的蝴蝶在海蛋儿的身边翩翩起舞，树林里时而有鸟鸣声。海蛋儿小心翼翼地往岛里面走，这个荒岛除了几声鸟啼，没有别的声音，显得异常静寂。

海蛋儿走不远，看到前面是一片裸露的岩石，一直伸延到海里，远处耸立着一座很高的灯塔。他听爷爷说过，海上的航标灯塔是有人守护的。这里一定有守塔人！

海蛋儿加快脚步向灯塔奔过去。

高大的灯塔足有五层楼高，圆形的灯塔柱，外表涂成红白相间的颜色，格外醒目。塔柱底部有一扇刷着红油漆的铁门，上面一块巴掌大的胶皮盖住一把大铜锁头。海蛋儿扔下救生圈，握着拳头哐哐敲门，喊道："有人吗？请开门！我是董海杰，仙人岛村的！"

敲了半天门，里面没有动静。海蛋儿有些失望，但他还是非常高兴，这个荒岛肯定有人。海蛋儿无力地坐到门前的水泥面台阶上，他感到疲惫和饥饿。昨晚经历了一场生死劫，现在漂落到这个荒岛，他有了获救的希望。还有一天就开学了，希望能在开学前赶到学校。

海蛋儿脱下湿漉漉的校服，猛然想起衣兜里的播放器。

他快速摸兜，掏出一个小塑料袋，打开封口，拿出播放器和耳机。播放器没有被水淹，摁下开关，激昂的音乐响起。海蛋儿松了一口气，他到学校见到林冬娅就可以把播放器还给她。他没有失信，他精心爱护，播放器没有被海水打湿。他把播放器贴在胸口，仿佛林冬娅跟他一起经历了大风大浪的洗礼。

海蛋儿关闭播放器，摘下耳机装好放进衣兜里。海蛋儿感到又饿又渴，扭头瞧一眼铁门，里面没有人，可门里面一定有食物和水。这个圆形建筑，上窄下宽，呈梯形。门上面两米高处有铝合金窗，往上相同距离依次排列三个窗。到顶端是一个圆形玻璃罩，框边涂着红颜色。海蛋儿想到，晚上一定会有人来这里点亮灯塔，那时就有救了！

海蛋儿站在灯塔旁边的一块大礁石上，虽然看不到荒岛全貌，但感觉到这个荒岛面积不大。一半是茂密的植被覆盖，一半是裸露的岩石。靠近岸边一块块奇形怪状的礁石，像生长出来的一片石林，错落有致，形状狰狞。海鸟在岸边低空飞翔，清晰地传来咕咕的尖细叫声。周围是浩瀚的海水，看不到船的影子。

海蛋儿把潮湿的校服和T恤衫铺在平坦的岩石上晾晒。他光着身子来到岸边。潮水阵阵涌来，哗哗地扑在礁石上。海蛋儿看到礁石的缝隙里有螃蟹在爬行，还有牡蛎附在礁石上。海蛋儿兴奋起来，抓螃蟹，抠牡蛎，就能填饱肚子。

他捡了一块小石头，敲打礁石上的牡蛎。敲开坚硬的牡蛎壳，露出水汪汪的牡蛎。海蛋儿放到嘴里，肉乎乎的牡蛎入口，一股鲜水润喉。海蛋儿抠了十多个，一股脑吃下去，很解渴。

海蛋儿开始抓螃蟹。他蹲在礁石旁边观察，海浪退下的时候，在礁石的缝隙中有拳头大的螃蟹在爬动。海蛋儿小时候跟爷爷晚上去海边抓螃蟹。爷爷用酒瓶子自制一盏防水灯，放在沙滩上。潮水涌来，被卷到沙滩上的小螃蟹奔着灯光爬过来，不一会儿就能捡满鱼篓。爷爷回家把小螃蟹洗净剁成两半，放到锅里炒成半熟，然后把豆瓣酱放进锅里一起炒，一盘香喷喷的螃蟹炸酱就做好了。大葱、生菜、黄瓜蘸螃蟹酱是渔村最可口的美食！

海蛋儿想起爷爷炸的螃蟹酱，更加饥饿了。他蹲在礁石边，看到潮水一涨一消的时候，礁石缝隙中的螃蟹有的在礁石壁上爬动，有的在潮水中沉浮。海蛋儿伸出手臂摸不到，礁石缝隙狭小，无法探下身子。海蛋儿抬头看了一下远处，站起来向一片草丛跑去。

靠近岩石边生长的是狗尾巴草，绿油油一片，在微风中拂动。海蛋儿薅下一大把青草，坐在草地上编绳子。一条两米长的草绳子编好，海蛋儿回到礁石边，把草绳子从礁石的缝隙中顺到水下。波浪哗啦一声涌上来，又哗啦一声退回去。海蛋儿看到爬动的螃蟹，马上把草辫子送到螃蟹旁边。涌来的波浪退下后，海蛋儿看到一只螃蟹的两只粗壮的爪子抓在草绳上，他快速把草绳子提上来，用几根草把螃蟹钳子绑起来，放到旁边，又把草绳子扔下去继续钓螃蟹，不一会儿钓上来八只花盖螃蟹。他用草绳穿上螃蟹，拎回灯塔下。

荒岛没有火源，海蛋儿只能生吃。他揭开螃蟹盖，掰开两只蟹腿开始吃，生蟹肉软绵绵的，没有嚼头。八只螃蟹很快吃完，海蛋儿没有饱腹的感觉，可也不饥肠辘辘了。他倚靠铁门，望着无际的海面，平静的海面跳跃着亮晶晶的光，十分耀眼。海面上不见船的影子，显得空旷和寂寥。海蛋儿迷茫，他不知道家在哪个方向，不知道离家有多远，不知道守塔的人什么时候能出现在他面前。

第二十九章

太阳在海的尽头慢慢沉下去，夕阳露出的最后一道光线也渐渐消失了。海蛋儿失望地垂下头，守塔人没有出现，甚至海面上一艘船的影子都没有看见。明天不能如期到学校了，想到高中第一天就旷课，心里焦虑又难过。老师和同学们怎么看他？林冬娅知道他没有按时到校的原因，会不会向她妈妈邱老师解释，董海杰是遇到了特殊情况，不然他一定会遵守承诺的！

灯塔上面的圆形玻璃球忽然亮起来。海蛋儿仰头望着高高的塔尖，耀眼的灯光射向远处，不时地闪动。海蛋儿豁然明白，这是自动控制的灯塔。守塔人哪一天来到荒岛是个未知数，除非需要维修。

海蛋儿陷入绝望中，感到这深沉的黑夜是无底的深渊，他仿佛在往下坠落。一种恐惧感袭上心头，他不由得畏缩在塔下。海蛋儿把校服盖在头上，不敢直视漆黑的夜。他摸到兜里的播放器，立刻拿出来，把耳机戴上，歌曲声响起来。

海蛋儿大声唱起来，一首歌唱完，感到全身热血沸腾。站在黑夜中，聆听大海的涛声，迎着呼啸的海风，他含泪高呼："我不怕！我一定能回到学校！"

海蛋儿开始思索自己面临的困境。如果十天不见人的踪影，他就要陷入绝境。没有食物，他可以去岸边抓螃蟹、抠海螺吃，到树林里找野果、挖野菜充饥，起码能生存下去。但是没有淡水，这是致命的问题！

海蛋儿判断，守塔人上岛，一定会带来食物和水。如果几天不来，充饥的食物可以寻找到，也许灯塔附近也有淡水源。天亮必须寻找水源，有了淡水就可以在荒岛上生存到获救那一天！

海蛋儿倚靠在铁门前，抬头望着深邃的夜空，月亮在云中穿行。夏日的夜晚，爷爷坐在院子里，用手指着七颗勺柄状的北斗星说，勺柄东指，天下皆春，勺柄南指，天下皆夏，勺柄西指，天下皆秋，勺柄北指，天下皆冬。海蛋儿辨不清勺柄的方向，爷爷就手把手指给他看。爷爷说，在海上迷失方向，看到北斗星就能找到回家的航线。海蛋儿看到了北斗星，却找不到回家的方向。

海蛋儿想起爷爷，鼻子一酸，眼泪滚落下来。爷爷一定知道他出事了，正拄着拐站在海边等他回来。他不能没有爷爷，爷爷也不能没有他。海蛋儿望着清冷的月亮，又想起了妈妈。那天把他送到爷爷家，妈妈哭了。在他的记忆里，妈妈经常搂着他流眼泪，这次却啜泣起来，海蛋儿也呜呜地哭起来。妈妈哄他，他睡着了，睁开眼睛就不见妈妈了。他喊着妈妈向大门外跑，爷爷抱起他，告诉他，你上学的时候妈妈就回来领你了。他长大，也渐渐明白妈妈当初为什么抛弃他，是爸爸让妈妈伤透了心。妈妈当时处境艰难，只好把他送到爷爷家。十一年过去了，妈妈没有来接他。妈妈，你在哪里？妈妈也在看这轮明月吗？海蛋儿对着明月喃喃地说："我长大了，一定要找到妈妈！"

深夜，天空乌云密布，骤然起风。一道闪电瞬间把黑夜劈开一道弯曲的缝，随之一声震耳欲聋的雷鸣响起，睡梦中的海蛋儿猛地惊醒。乌黑的夜空电闪雷鸣，海风呼啸。海蛋儿惊恐地蜷缩在铁门下，全身不住地战栗。震撼的雷声，就在他的头上炸响。狂风大作，掀起巨浪，猛烈地拍打着礁石，撕裂的声音在耳边轰鸣。

一场疾风骤雨降临，海蛋儿无处躲藏，急得站起身，用臂弯哐哐地撞门，可不管他怎么使劲，铁门依然如故。他臂弯一阵疼痛，只好放弃撞击。

在闪电和雷声的裹挟下，大雨铺天盖地袭来。海蛋儿把校服蒙在头上，像一只淋透的小鸟蜷缩在门下。校服很快浇透，雨水顺脸流到嘴角，他急忙吸吮。一天一夜没有喝到淡水，现在有雨水润喉，感到十分解渴。荒岛上一定会有地方存下雨水，他有淡水喝了。

想起明天，他惆怅起来。明天开学了，他无法赶到学校了！

大雨什么时候停的，海蛋儿不知道。他头上盖着校服，两臂搂住双腿，头埋在臂弯上，在狂风暴雨中睡着了。

清晨海蛋儿拎着湿漉漉的校服，站在岩石上，面朝大海眺望。经过暴风雨的洗礼，大海似乎温顺了。海面微波荡漾，成群的海鸥在低空飞翔，咕咕的叫声连成一片。

海蛋儿仰头望一眼高高的灯塔，圆圆的玻璃罩没有了刺眼的光。这盏灯只要夜间闪烁光芒，就不会有船靠近荒岛的。只有这盏灯熄灭了，守塔人才能上岛维修灯塔。对啊，把灯塔熄火！可是灯塔很高，他无法爬上去。唯一的办法是把铁门打开，才能从里面登到塔尖。打开铁门，就有了生的希望！他从岩石的缝隙中找到一个石块，来到铁门前。

海蛋儿把盖在大锁上面的那块胶皮用力拽下来，举起手里的石块对准大锁头要砸下去。在石块落下去的刹那间，他停下了，立刻扔掉了手里的石块。灯塔的光熄灭了，行驶在这个海域上的船就要迷失方向，撞到暗礁上。让船只和船上的叔叔付出那样的代价来拯救自己，他感到自己太自私了！海蛋儿抱住脑袋，陷入懊恼和痛苦之中。他闭上眼睛，不敢直视那个大铜锁头。

海蛋儿冷静下来，只有到了生命难以为继的时候才能砸锁头进去寻找食物，但绝不能损坏灯塔。

第三十章

海蛋儿开始在岛上寻找淡水。昨夜大雨，荒岛上一定有存水的洼地。找到一块存水的地方，他就能坚持在荒岛上生存下去。在距离灯塔百米远的地方，海蛋儿发现一块大岩石上有不规整的凹陷，蓄满浑浊的雨水。海蛋儿把手臂伸进水里，水没到臂弯处，像他家井台上那个大铝盆，装满了水，几天内蒸发不掉的。水呈黄泥色，周边是一圈清水。海蛋儿趴到水坑边，头探进去喝着边上的清水，甘甜滋润，有了水，他心里不慌了。

海蛋儿解渴了，去岸边寻找海货吃。昨天在礁石缝隙中钓到螃蟹，螃蟹和牡蛎生吃肉质发软，填不饱肚子。只有海螺的肉厚实，大芽海螺两个就吃饱了。小时候在海边抠到海螺，在火堆上烤着吃。有时为了尝鲜，也会把壳打碎生吃一个。眼前礁石犬牙交错，海浪汹涌。这里要是能下去，一定会抠到海螺，抓到螃蟹和海胆。岸边有的地方岩石陡峭，有的地方礁石林立。海蛋儿寻找合适的地方，试探几次都下不去。海蛋儿想到，守塔人上岛的船，一定是停靠在没有暗礁的岸边，从那儿下水安全。

海蛋儿只好选择走山坡，越过陡峭的崖壁和暗礁的岸边。山坡草丛里的蒺藜很扎脚，海蛋儿赤脚不敢走得太快，小心地选择可以下脚的地方走。

海蛋儿忽然发现青草中有被踩踏的痕迹。他细看，发现倒伏的青草不是新踩的，不知道是脚步轻，还是长时间没人从这里走了，青草似倒非倒，但依稀可辨这是一条小毛道。

海蛋儿顺着毛道来到岸边。一大块坡度小的光滑岩石板延伸到海里，海浪涌上来，在岩石上翻卷起一排浪花，而后消退下去，随之又一阵海浪涌来，一排浪花翻卷，像在石板上开花，循环往复。

海蛋儿把校服扔到岩石上，顺着岩石下到水里，一个猛子扎进去，水流湍急，只能摸着暗礁往下沉，他要试探一下海水有多深，只有沉到海底，才能抠到海螺。

海蛋儿沉到三四米，摸到暗礁上有贝壳，伸手仔细一摸，发现是鲍鱼！在家附近的海边很少能抠到野生鲍鱼。海蛋儿很兴奋，接连抠了四个大鲍鱼，快速浮出水面。

海蛋儿爬到岩石上，气喘吁吁，异常疲惫，仿佛在水下停留了很长时间。海蛋儿意识到，两天没有吃一口饭，体力明显下降。再这样继续下去，他潜水的能力都没有了，怎么能抓到海物充饥？海蛋儿担心起来，如果他没有了力气，铁门的锁头难以砸开，他就无法自救了！

海蛋儿坐在岩石上，扒下鲍鱼肉吃起来。鲍鱼肉比海螺肉厚实，他没吃过生的。生猛海鲜中，鲍鱼口感好，有嚼头。四个大鲍鱼进肚里后，他有了饱腹感。

海蛋儿准备再次潜水抠鲍鱼，他要换个地方下水了，这里水流湍急，容易被暗流带走。

海蛋儿往前走一段，看到一片平坦的岸边，是水泥硬化地面。上面有一个半米高的圆柱铁桩，中间有个拳头大的洞眼。海蛋儿惊喜地蹦起来，终于找到了荒岛的码头！那个圆桩是拴锚绳用的。岸边用石块砌成笔直的一道墙，有二十多米长。看样子靠岸的船不是很大，可能像夏老七的船那么大。海蛋儿从这一点上判断，这个荒岛距离陆地可能不会太远。这么小的泊位只能停靠小船，不需要大船来岛上。

从这里下水抠不到鲍鱼，还要到有暗礁的地儿，鲍鱼喜欢吸附在礁石壁上。海蛋儿往前走不远，看到一块平坦光滑的岩石，上面散落几个空酒瓶子。瓶子上的商标纸已经褪色，有的脱落下来。还有一个锈迹斑斑的烧烤炉倒扣在岩石上。海蛋儿把烧烤炉翻过来，下面是几块没有燃尽的木炭和一些被炭灰覆盖的贝壳。

有人曾在这吃烧烤喝啤酒，是守塔人还是来荒岛玩的人，不得而知。海蛋儿更加坚定自己的判断，荒岛距离陆地海岸线很近。他们吃完烧烤，留下了这些炭灰和空酒瓶。海蛋儿在附近继续寻找，要是能遗留下打火机和火柴，抓到螃蟹、鲍鱼、海螺就可以烤熟吃了。

海蛋儿捡到两个空烟盒，立即撕开，里面有块口香糖，没有找到打火机和火柴盒，他感到很失望。他剥开口香糖的包装，口香糖如同木条一样硬，咀嚼起来仍有一股薄荷香味。

海蛋儿坐在岩石上，手里摆弄口香糖的包装锡纸，不一会儿叠成一架纸飞机。海蛋儿望着浩瀚的大海，心情低落，不知道何时能有一艘船向荒岛驶来。如果这架纸飞机能飞过大海，落在林冬娅的手里，她一定会知道是他放飞的。海蛋儿瞧着手里的纸飞机出神，好像他掷出去，纸飞机就能带着他的愿望飞走！

海蛋儿猛然意识到什么，他的手不敢动弹，生怕手中的纸飞机被海风吹走。海蛋儿想起物理课的时候，老师做过的科普小实验，用一块电池就可以点燃口香糖包装锡纸。海蛋儿眉头紧锁，电池，电池，哪有电池？

海蛋儿猛地一摸身子，校服没有穿在身上，扔在前面的岩石上晾晒。林冬娅的播放器在校服兜里，那里面的电池一定有电！

海蛋儿迅速拿回校服，把播放器电池盒打开，是四节七号电池。海蛋儿冷静下来，认真回想记忆深处的科普小实验。把口香糖的那层锡箔纸撕成两头宽中间细的形状，两头摁在电池正负极上，中间部分就会燃起火苗，可以点着易燃物。

海蛋儿一手攥住电池，一手捏住锡纸飞机，心里有点儿紧张，两只手微微颤抖。如果能把火点起了，一股浓烟升起，荒岛上有人的信息就传递出去了，就像古人点燃的烽火台一样，把重要信息传递出去。

海蛋儿镇静下来。在家和学校进行实验，失败了可以重来。在这个荒岛上，机会只有一次，失败了，不知道要在荒岛上滞留多少天，更不知道自己能够坚持多少天。他要争取早一天赶到学校！

海蛋儿小心翼翼地把纸飞机和电池装进衣兜，陷入沉思，锡箔纸摁在电池正负极上形成短路，中间横截面积小，部分电阻大，电流产生热效能，锡纸迅速燃烧。海蛋儿清楚，锡箔纸的燃烧时间只有短短的几秒钟，引燃易燃物这一步至关重要。海蛋儿眼睛盯着脚下两个空烟盒，旁边几个啤酒瓶子上的商标贴，这是最佳的易燃物。他在家生火做饭的时候，先点燃细干草和树叶，逐步引燃苞米秆或干树枝。他有生灶火的经验，有信心利用现有的可燃物把大火烧起来！

海蛋儿把酒瓶子上的商标贴都揭下来，昨夜大雨，纸贴和烟盒有些潮湿。海蛋儿把它们一张一张铺到平整的岩石上，用小石头压住晾晒。木炭是扣在烧烤铁盒子里面的，没被雨水淋过，但也有些潮湿。海蛋儿捡出四块燃烧了半截的木炭，也摆放在岩石上晾晒。

海蛋儿往荒岛里面走，寻找干枯树枝。越往上走，灌木越稀少。山上裸露着狰狞的岩石，稀稀落落低矮的树木在岩石缝隙中挺立。海蛋儿走过去，几只小鸟蹦跳地飞起来。他走了一阵子，没有看到残枝败叶和枯萎的草。

海蛋儿站在荒岛高处，看到坡下有一小片低矮的松树。他知道那树上有松塔，树干有松树油，都是很好的易燃物。他和大涛、二壮在海边烤海螺吃的时候，海边的槐树林里有几棵松树，他们捡到松塔，放在火堆里燃烧。大涛把树干上有松油子的树皮扒下来一块，扔到火堆里助燃。可烤好的海螺有一股刺鼻的松油子味，很难吃下去。再烤海螺的时候，他们就不用松塔和松油子助燃了。

低矮的黑松，树干粗壮，针叶密实。树上有绿色的松塔，像杏树上的青涩的杏子挂满枝头，树下散落着发黄的松塔和针叶。海蛋儿捡了几个松塔，都很潮湿，扔到地上，又捡起覆盖在松软泥土上面的针叶。针叶很脆，稍微一折就断。海蛋儿挑干爽的捡，堆放在一边。

海蛋儿在岩石缝中抠出一些松塔，拿在手里像乒乓球那样轻，又从松树干上扒下十多块有松油子的树皮。海蛋儿把校服铺到地上，把捡好的东西都放到校服上，包在一起背到岸边。

海蛋儿搬来三个石块，围成简易炉灶。把晒干的商标纸揉成松软的纸团，把烟盒纸放在纸团上面。一捧针叶散落在纸上，再放些松塔，两块带有松油子的树皮盖住松塔。树皮燃烧起来，把木炭扔进火堆里，木炭点燃了就可以留下火种。

海蛋儿用衣服擦干脸上的汗水，抬眼望天空，阳光刺得他不敢睁开眼。眺望海面，波浪起伏，海鸥盘旋。海蛋儿轻松地呼出一口气，蹲下身做最后的检查。他觉得还缺少什么，这些柴草燃烧起来，火光冲天，但不会浓烟滚滚。古人的烽火台是狼烟升起，才能向远处传递消息。要想升腾浓烟，必须在燃起大火的柴堆上放置不易燃烧的青草和树枝。

海蛋儿光着膀子重返树丛中，他折断松树枝，然后薅了几把青草拧成草绳子，把松树枝捆在一起，扛在肩上回到岸边。海蛋儿满身大汗淋漓，肩膀、后背、胳膊被树枝划破一道一道小口子，汗水流下来像撒盐似的蜇得很疼。两只脚底也被岩石划破了，地上留下鲜红的血滴。

海蛋儿顾不得身上的伤痛，又去拔了一大捆青草扛回来，喘息一会儿，掏出校服兜里的播放器，把电池拿出来，然后把锡箔纸叠起来，准备撕成漏斗形，可两手不住地颤抖。海蛋儿深呼吸，还是紧张，无法控制双手的抖动。他望着大海，腾地站起来，赤身站在岸边，慢慢伸展手臂，弓腰向前，一头扎进大海。

海蛋儿在海浪中沉浮。他顶着浪涌，游到有暗礁的地方，一个猛子扎下去，在礁石上抠了几只牡蛎，钻出水面上岸，把牡蛎壳打碎，抠出牡蛎肉吃。

海蛋儿用校服把手擦干净，冷静一会儿，聚精会神地把锡箔纸叠好，两只手攥紧两边，像做手工艺品似的慢慢把锡箔纸撕成两头宽、中间窄的漏斗状。海蛋儿趴下身，拿着七号电池，伸到纸团下面，屏住呼吸，把锡箔纸的两端摁在电池正负极上。

刹那间，一团微弱的火焰跳了起来，瞬间引燃纸团，针叶、松塔开始嗞嗞烧起来。不一会儿大火熊熊燃起，噼里啪啦地响着。海蛋儿迅速把成捆的松树枝、青草放在火堆上面，一股浓烟升腾，像一条黑龙在碧海蓝天中曼舞……

海蛋儿被火烤得汗流浃背，胸前和两臂火辣辣地疼。他把几只鲍鱼和牡蛎放到石块上，用木棍翻转几下就熟了。海蛋儿把鲍鱼和牡蛎吃下去，浑身有了力气。松树枝没有多少了，他去松树林又弄了一捆背回来。

海蛋儿抬头看眼天空，浓浓的黑烟袅袅升腾，升到半空缓缓散去。他继续添柴，浓烟持续升腾。几个小时过去，头顶的太阳已经西斜，光线还是火辣辣地刺眼。望着空荡荡的大海，他失落地低下头。

轰隆隆的声音隐约从远处传过来，声音渐渐清晰。海蛋儿站起身寻找，抬头看到天空中一个大黑点儿在移动。声音越来越大，海蛋儿惊愕住了，一架直升机正向荒岛飞来。海蛋儿眼泪唰唰地流下来，他站起身挥舞校服，高声喊:“叔叔，我在这儿呢……”